朝日文庫時代小説アンソロジー

いのり

細谷正充・編　朝井まかて
宇江佐真理　梶よう子　小松エメル
西條奈加　平岩弓枝

朝日文庫

本書は文庫オリジナル・セレクションです。

目次

いのり

草々不一

朝井まかて

朝井まかて（あさい・まかて）
一九五九年大阪府生まれ。二〇〇八年に小説現代長編新人賞奨励賞を受賞しデビュー。一三年に『恋歌』で本屋が選ぶ時代小説大賞、一四年に同書で直木賞、『阿蘭陀西鶴』で織田作之助賞、一五年に『すかたん』で大阪ほんま本大賞、一六年に『眩』で中山義秀文学賞、一七年に『福袋』で舟橋聖一文学賞、一八年に『雲上雲下』で中央公論文芸賞、『悪玉伝』で司馬遼太郎賞、一九年に大阪文化賞、二〇年に『グッドバイ』で親鸞賞、二一年に『類』で芸術選奨文部科学大臣賞、柴田錬三郎賞を受賞。著書に『白光』『ボタニカ』『朝星夜星』など。

青葉の風が吹く庭を、前原忠左衛門はぼんやりと見ていた。

長年、槍術と柔術、水練で鍛え抜いてきた躰は五十六歳にしていまだ引き締まり、腹も出ていない。が、ふと気づくと背中を丸めている。こんなことは初めてだ。口から出るのは溜息ばかりという己にも、たじろいでいる。

妻女が先に逝くと、男は腑抜けになる。

何年前だったか、朋輩らと呑んでいて、老妻を失った男の噂話が出たことがあった。四十九日の法要でも男泣きに泣いて、慰撫の言葉も掛けられなかったという。

「身につまされるの。そろそろ御奉公を辞して隠居暮らしをしようかという矢先に先立たれては、男は途方に暮れるしかない」

同情しきりの声が多かったので、忠左衛門は「武士にあるまじき」と一喝したものだ。

「妻がおらぬようになっただけで抜け殻のごとくとは、柔弱極まりない。心身の鍛錬が足りぬのだ」

朋輩らを睨めつけると、皆、肩をすくめて酒を舐めていた。

「しっかりせんか。我らは御目見得以下とはいえ、二百有余年前、権現様がこの江戸に開府されて以来、代々お仕え申してきた直参ぞ。筋目正しき武士ぞ」

その日はちょうど、忠左衛門を始め、譜代の徒衆ばかりの酒席だった。

徳川将軍家に仕える譜代の家臣団のうち知行高一万石未満の者を直参といい、家格によって旗本と御家人に分かれる。旗本はかつて戦場にあって主君の軍旗を守って戦った騎兵であるが、徒は歩兵として出陣したのが始まりの下級武士だ。馬や乗物の使用、そして組屋敷では門構えも許されていない。

が、忠左衛門は徒衆の一人であることを何よりの誇りとして、奉公に励んできた。

徒組は平素は城門で詰め、大樹公が参詣や鷹狩、大名家に御成りになるなど外出の際には乗物の周囲を徒歩でお供して、その警護に当たるのが勤めである。

忠左衛門は片時も乗物から離れず、往来を横切る蟻一匹を見て取るほどの気迫でその任に当たってきた。

天下泰平のこの世で、よもや大樹公の乗物を襲う曲者などおりはすまいと気を抜く輩もいるのだが、それはとんでもない心得違いというものだ。戦のない世をかなえたのは歴代の大樹公であり、その主君を忠左衛門の父祖らは命懸けで護ってきた。武士の奉公はいつ、いかなる時にあっても戦に臨む心構えが肝心である。

そして妻女は毎朝、夫を職場という戦場に送り出すために家を守るのが務めだ。日々、家事を滞り(とどこお)なく行ない、子を育て、家同士の交際に怠り(おこた)なきよう励みさえすれば良い。さようなこと、町人ならいざ知らず、武家に生まれた女なら誰にでもできることだ。

その妻女に先立たれたからと言って、武士が身も世もなく嘆き悲しむとは、まったく不届千万(ふとどきせんばん)の仕儀であると忠左衛門は思ったのである。

ところが、いざ己がその立場になってみると、どうにも勝手が違っていた。烏賊(いか)のように背筋に力が入らず、物を言う気にもなれぬ。

まして嫡男、清秀(きよひで)の差配ぶりが一々、気に喰わない。

清秀は幼い頃より武術を好まず、学問一辺倒であった。忠左衛門が槍術や柔術を指南しようとしても書見台の前から動かず、「子(し)ぃ、のたまわくぅ」と奇妙に尻上がりな文言を謳(うた)うばかりだったのだ。まだ六歳になるかならずの時からであったので、他人の子を見るような思いであった。

忠左衛門は他の多くの徒衆と同様、没字漢(ぼつじかん)である。平仮名はともかく、漢字の読み書きはほとんどできない。文字など読めずとも、職場の引継ぎの文書(もんじょ)など、読める者に頼めばそれで済む。

それよりも何よりも、武を磨くことだと忠左衛門は信じてきた。しかし嘆かわしいことに、昨今の公儀では、勘定役など役方の者の方が能吏として重んじられる。家格を越えて昇進する目があるとすれば、それは才知の力だとする風潮があるのだ。おのずと、武術の鍛錬など二の次、三の次という若者が増えた。

「学問など武士の仕業にあらず。頭と口先ばかり進んでは、性根がぬるうなる」

そう叱咤して、清秀を何度も庭に引きずり出した。

丹田への気の入れ方から腰の据え方、腰物の抜き方、いずれも躰に叩き込むしかない。泳法も同じだ。夏になれば大川に連れて行き、清秀を素裸にして放り込んだ。口でとやこう教授するより、まずは水に慣れることだ。

ところが清秀は手足もろくに動かさぬまま、沈んでしまったのだ。当時はまだ元服前で、前髪があった。その頭が川波に呑まれて見えなくなって、その時ばかりは忠左衛門も肝を潰しそうになった。溺れかけていたのを助けて下谷の御徒町の組屋敷に連れ帰った時、妻の直の顔から一瞬で血の気が引いた。

その夜、つききりで看病した直は忠左衛門に一切、口をきかず、目も合わさなかった。清秀の枕許に黙って坐り、唇を引き結んで我が子を見つめていた。

翌朝、直に頭を下げられた。

「旦那様、もう堪忍して下さりませ」

一言も返せなかった。

そして直は清秀を遠縁の儒家に学びに行かせ、家でも自ら書を教えるようになった。直も貧しい御家人の家の生まれであったが、一族は皆、学問に秀でており、学者として名を成している者もいる。ゆえに直は御家流とかいう、くねくねとした文字はもとより、障子の桟のごとく角張った唐様も書けるらしい。

そして清秀は母方の血筋を受け継いでか、長じては学問吟味において優秀な成績をおさめ、褒賞まで受けた。今は家格に似合わぬ役方として、公儀財政の監査を行なう勘定吟味役を拝命するのも夢ではないという。

「清秀殿はまれに見る俊英ぞ。いずれは勘定奉行にまで登りつめるのではあるまいか」

精進明けの席で、出世街道をひた走る清秀のことを口に上せては悦に入っていたのが、清秀の妻の父であった。幕閣とも親しい旗本家から妻を娶るとは分に過ぎると忠左衛門は戸惑ったが、先方から「是非に」と望まれた縁談だった。

通夜も葬式も前原家に似合わざる盛大さで、清秀の交際がいかほど充実しているかを思い知らされる恰好となった。忠左衛門は昨年の末に家督を譲って隠居の身であるので、清秀が何もかもを取り仕切るのは当然のことだ。そうとわかってはいるが、前原家の縁者やかつての朋輩らは遠慮がちに隅に坐り、長居しなかったのである。

忠左衛門は憮然として、義父の機嫌を取り持つ倅の背中を睨んでいた。

まるで、婿養子にやったようなものではないか。

尋常であれば、妻にそう吐き出しさえすれば気が済んだはずだった。根に持つと肚が膨れる思いになる。それでは翌日の勤めに障るので、いつも帰宅して着替えをし、直が淹れた茶で一服つけながら肚の中を浄めてきた。上役との行き違いや朋輩との諍い、自身がかかわらぬ喧嘩沙汰であっても話してしまう。

直は忠左衛門の黒縮緬の羽織と無紋の袴を畳みながら、それを聞く。朋輩の妻女の中には気が強く、何かと意見がましいことを口にする者も珍しくないらしいが、直は微かに笑みを泛べ、時には「それはお気の毒ですね」と言わぬばかりに眉を下げたりして忠左衛門の言葉を受け止めた。愚痴や不平不満、くどくどしい世迷い言を。

しかし、今はその直がいない。

三月、江戸を麻疹の流行が襲い、大人も子供も随分と死んだ。直は幼い頃に罹病していなかったため、「用心いたさねばなりませんね」と自ら外出を控えていたのだ。しかし裏木戸には魚売りや青物売りが毎日、訪れる。直は書物を読むのも好きであったので、貸本屋の小僧も新刊を背に負うてやって来ていた。

忠左衛門は、あの小僧が怪しいと思っている。やけに顔が赤く、だるそうな所作をしていた。ほどなく直の顔面に赤い発疹が現れ、瞬く間に総身に広がった。何日も高熱を出し、手の尽くしようもないままこの世を去った。信じられぬほど、呆気なかった。

むろん、忠左衛門は人前で嘆き悲しむなどという無様な真似は働いていない。けれど三十年も連れ添った妻がこの家にいないということがかくもこたえるとは、あまりに慮外のことだった。

ことに四十九日が過ぎて弔問客の訪れも間遠になると、胸の中に風が吹き込んでしかたがない。

そして今日も落縁に坐って胸高に腕を組み、背を丸めている。これではいかぬと目を上げれば五月晴れの空には雲ひとつなく、どこかで雲雀が鳴いている。隠居家の静けさがかえって身に沁みて、また土の上に目を落とす。

かようなことなら、隠居などせねば良かった。奉公に出てさえいれば気の張りようもあったものを。そんな悔いも泛んでくる。組屋敷を出て、ここ浅草今戸町に小さな家を借りて数ヵ月で葬式を出した。

これからは夫婦二人でのんびりと、たまには釣りにも直を伴って安穏に暮らすつもりだった。

「長年の御奉公、お疲れさまにござりました」

直の声がよみがえる。忠左衛門は「隠居願」を出し、それが認められてから直に話した。

本来であれば主君への奉公は、生涯続くものだ。七十、八十になっても現役で勤めている者は大勢いる。しかし何せ、御役の数が足りぬ。旗本、御家人を合わせて二万二千人、それほどの人数に見合う勤め口はいかに公儀といえども用意できない。清秀の出世、昇進などまったく稀有な例で、非役の小普請組のまま生涯を終える者も少なくないのだ。

御役に就けねば役料が付与されぬので扶持米だけではとても食べていけず、一家は借金や内職と縁が切れない。とくに若い御家人はこれから子を育てねばならぬので、無役のままではとても暮らしが立ち行かぬ。

忠左衛門にはそれが痛ましく思え、せめて己一人でも早々に現役を退けば、誰かが御役に就けると考えた。

正直に申せば、有力者の髭の塵を払うことに汲々とする者らの姿をもう見ていられぬという思いもあった。それは妻に話すことではないので告げなかったが、直は深々と頭を下げて忠左衛門をねぎらった。

気配がして振り向くと、下女が「ご隠居様」と呼んだ。

「小川町の殿様がお越しになりました」

近くの焼物職人の娘を通いで雇ったので、行儀作法も何もあったものではない。清秀は旗本ではないので、殿様という呼称は誤っている。「御家人の当主は旦那様だ」と注意しかけると、まもなく清秀が姿を見せた。ちらりとこなたに目を這わせるも父親のかたわらに坐るつもりはないらしく、摺足で六畳に入った。

「父上、こちらに」

有無を言わせぬ口調だ。むっと、肚の中が斜めになる。父をはるかにしのぐ立身を誇ってか、年々、上からものを言うようになった。いや、昔から気の合わぬ父子だったのだ。こやつの考えておることも生きようも、わしにはさっぱりわからぬ。わかりとうもない。

「母上の遺品を千代乃に整理させておりましたところ、かようなものが出て参りました」

直の暮らしぶりは至って慎ましく、むろん贅沢のしようもない小身の家であったのだが、鏡台や文机、簞笥には着物や櫛、そして書物などもあり、それを清秀の妻、千代乃に託したのだった。形見分けと言えるほど大した物はないはずだが、忠左衛門が手許に置いておいても仕方がない。

渋々ながら立ち上がり、六畳に入って清秀に対座した。清秀の膝前に、白いものが置かれている。紙包みだ。

「何じゃ、これは」

「文(ふみ)のようにござります。母上の」

「直の。誰宛てに」

「だんなさまと表書きしてありますので、父上宛てと存じます」

清秀は怜悧な面差しを崩さず、いつもながら隔てを置いた言いようだ。

「わし宛てのわけはなかろう」

またいちだんと口の端が下がった。だが清秀は動じない。忠左衛門はむうと息を吐きながら、紙包みを取り上げた。上下を折り目正しくきっちりと畳んであり、表に一行が記されている。

――だんなさま
覚えのある手跡(て)だ。直は、草が風に吹かれて揺れているような文字を書いていた。能書家であると上役に褒(ほ)められたことがあるが、忠左衛門には巧拙など判じようもない。

　直の「だんなさま」とは、わしのことよのう。

　わしに文とははて面妖なと怪しみつつ裏を返すと、やはり「なお」と差出人の名が記してあり、その脇に添書らしきものがある。が、それは漢字交じりであるので、判じようがない。

　するとすかさず、清秀が口をはさんだ。

「余人、開けるべからず」

「よじん」と、我ながら間の抜けた声だ。

「他の者という意にて、つまり父上の他にはこの文を読むなと、母上は書いておられます」

　忠左衛門の読み書きがいかほどのものであるか、直はよく承知していたはずであるのに、いかなる料簡か。

「構わぬ。そなたが読んでみよ」

　文を突き返すと、清秀はじっと忠左衛門に目を据えた。

「よろしいのでござりますか」

「構わぬ」

清秀は黙って文を受け取り、上包みをはずした。半切紙を糊で継いだ巻紙を両の手で持ち上げ、読み上げ始める。

「一筆申し上げます。三十年もの間、長々、お世話になりまして有難う存じました。今、これをしたためておりまするは、額と頬に三つ、四つの発疹を認めましたゆえにて、これはまず間違いなく麻疹であろうと存じます。もしやということも覚悟いたし、旦那様に一筆啓上することといたしました……という意のことが、まずは記してありまするが」

「注釈は要らぬ。さっさと読まぬか」

清秀は眉間を曇らせたが、文に目を戻した。読み上げる。

至って愚妻であったと殊勝に詫びを連ねているようで、思わず目を閉じた。

いったいいつのまに。病床から脱け出して墨を磨ったのだろうか。いや、発疹が出たばかりの頃はまだ尋常に家の中のことをしていた。最期の言葉をこんな形で聞かされようとは、思いも寄らぬ。

直、愚妻などと、それはとんでもない謙遜ぞ。弔問客は皆、そなたを褒めたたえていた。

――ようできた御内儀であられましたな。まこと、貞女であられた。

――物腰が柔らこうて、出過ぎず引き過ぎず。常に夫君をお立てになって、賢女とはああいう御方を言うのだろう。かような妻女を持てたとは、おことも果報者でありましたの。

そんな言葉を掛けられるたび、黙って返礼をした。その通りだという首肯のつもりであった。

が、その貞女、賢女が何ゆえ、こんなものを残したのか。

ふと、疑念が戻ってくる。忠左衛門が文を読もうとすれば、それこそ今、こうしているように、余人とやらの力を借りねばならぬのだ。

清秀はまだ読んでいる。

「妻女たる者として、本来であれば、あの世まで持って行くべき事とは承知しながら、やはりお伝えしておかねばならぬと思い直してござります」

む、と思わず声が洩れた。あの世まで持って行くべき事、とな。

「じつは清秀につきまして、衷心(ちゅうしん)よりお詫びせねばならぬことがござります」

「ま、待て」

何かを追い払うように、右手を大きく動かした。しかし忠左衛門が制止するまでもなく、清秀は文を持つ両手を膝の上に下ろしている。

「ここから先は、ゆめゆめ余人にお読ませになりませぬよう、平にお願い申し上げます。と、行間に追而書が入っておりまする」

清秀の咽喉仏が、ごくりと動く。

「母上、おいたわしや。父上に文など書く暇があれば、養生なされば良かったものを」

「清秀、わしを責めておるのか」

真っ向から、冷たい眼差しが突き刺さってきた。

こうして相対してみれば、細い鼻梁も瞳の澄んだところも、直によく似ている。直は瓜実顔で、躰つきもすらりとしていた。ところが忠左衛門はずんぐりとして、顎は将棋の駒のごとく横に張っている。目鼻は申し訳程度についているだけで、それでも己では武者らしき面構えと自負してきたが、目の前の倅の容姿とはほど遠い。

――清秀につきまして、衷心よりお詫びせねばならぬことが……

まさか、直に限って。

同じことを考えてか、俯いた清秀は頬を強張らせて文を包み直している。その指先も女のように細く、己の無骨な手とは似ても似つかない。

忠左衛門は右の手を握り締め、拳で鼻の下をこすった。そのまま天井を仰向いた。

あくる日、夜が明けるのを待って菩提寺に出掛けた。

直の遺骨を納めてまもない真隆寺は、今戸橋を渡って広小路を抜け、しばし歩いたところにある小さな寺だ。

線香を手向けながら、墓石に向かって問うた。

直、そなた、不義を働いたのか。いつからだ、いつからわしを裏切っていた。

道理で、あの倅はわしに似ておらぬはずだ。

そこに思いが至るだけで、腸がまた煮える。直を喪って呆けていた己がとんだ戯けに思えて、合わせた手と手が震える。桶の水を切るように墓石にぶちまけた。

相手はいったい、誰だ。

かくなるうえは、果たし状を差し向けて討ち果たすと決意した。相手の名はあの文に記してあるはずなのだ。しかし、わしは読めぬ。それを承知しながら文で告白するとは、わしを愚弄しておるとしか思えぬ。

清秀が帰った後、忠左衛門は破り捨ててしまおうと何度も紙包みを手にして、そして結句、自らの手でもう一度、文を開いた。

そこには、うねうねと水草の茎のごときものが揺れていて、それはまだいい。平仮名であれば一字一字、目を凝らせばいずれは解読もできよう。勤めのある身ではないのだ、いくらだって時を掛けられる。しかし腹立たしいことに、直は漢字も平気で使っているではないか。草の間に偉そうな文字が黒々と埋め込まれていて、まるで難攻不落の城のごとくだ。忠左衛門は本丸に一歩たりとも近づけない。

気がつけば陽がずいぶんと動いていて、昨日よりもさらに青い空が広がっている。陽射しが強く、月代が熱いほどだ。忠左衛門は額の汗を拭いもせず、憤然と立ち上がった。

境内を横切ると、和尚が背後から何かを言って寄越した。振り向く気にもなれなかった。胸の中には、清秀に似た面差しの男と斬り結ぶ己の姿がある。

御家人の妻と姦通するなど、まともな武家ではあるまい。そうだ、おそらく浪人者だ。総髪には銀色のものが混じり、すさんだ臭いがする。

かような無頼の徒など、わしの手に掛かればわけもない。一太刀で仕留めてくれよう。

その光景はいくらでも泛んで、男を斬って捨てる際の手応えさえはっきりと感じ取れる。だが相手は誰だという問いに戻ると堂々巡りになる。文を読まぬことにはわからぬ。が、読めぬ。

腹が空いているのに気づいたが、喰い物屋に立ち寄る気にもなれない。足早に歩き続けて、やがて誓願寺の門前町を通りがかった。

と、胸に何かがぶち当たった。一軒の町家から子供らが蜂のように飛び出してきていて、その中の一人と衝突したのである。

「あ痛ぇ」

額を押さえて呻いたのは十二、三歳くらいの男子で、口を尖らせて忠左衛門を見上げた。

「大事ないか」

忠左衛門は足を揃え、少し腰を屈めてその子に訊ねた。武士たる者、町人には慈愛をもって接さねばならぬ。ことに相手は、か弱き子供だ。ところがその子は「ち」と舌を打ち、走りざまに言い捨てた。

「爺さん、往来の真ん中をぼうと歩いてちゃ危ないじゃないか。気をつけな」

説教口をきかれた。唖然としていると、背後から「あいすみません」と詫びられた。

「幼い子の無作法にございますので、どうか勘弁してやって下さいまし。明日、きっと言い聞かせますので」

三十過ぎに見える女が頭を下げていた。戸障子を開け放した家の戸口脇には細長い看板が掛かっていて、四角い文字が四つ墨書してあり、さらに平仮名で何やら書いてある。

「しゅせきしなん」

するとと女は「町人の子らに教えております」と言った。

「手習いか」

「はい。夫はお武家様に招かれて、ご子息らに教授申し上げております」

少し誇らしげに言い添える。亭主のことなんぞ、どうでもよい。この女だ。この者に文を読んでもらえば、妻に密通された恥も少しは抑えられると思った。御徒町を訪ねれば文字の読める昔の仲間もいるにはいるが、自ら恥を吹聴するようなもので、断じてそれは避けたかった。

万一、かような噂が市中を巡れば、清秀の出世の障りになるやもしれぬ。

ふとそんなことを考える己に戸惑った。

悲しいかな、我が子ではないかもしれぬのに、父たる心はまだ失えない。

「お武家様、お具合がお悪いのではありませぬか。麦湯でも差し上げましょうか」

女が袖口(そでぐち)を押さえながら掌で戸口を示したので、忠左衛門は思わず口にしていた。

「そなた、文は読めるか」

女は不思議そうに首を傾げたが、「はい」と頷く。

「私も教えておりますので。ひとまず、中へどうぞ。立ち話も何でございますから」

おっとりと優しい声音に惹かれて、中に入った。十二畳ほどの部屋の隅には天神机が積み上げられており、右手の障子は開け放たれて小さな庭がある。広縁伝いに奥から猫が何匹も出てきて、女を見上げて鳴く。

「奥が自宅になっておりますもので」

女は釈明しながら茶を淹れ、「もう少し待っててね」と猫らに言い、

「文とは、いかなることでしょうか」と湯呑みを差し出しつつ、「申し遅れました」と頭を下げた。くるくると、目まぐるしいほどだ。女なるもの、なぜこうも一時にいろいろなことに気が回るのだろう。

「かよと申します」

何となく直の若かった頃に風情が似ているような気がして、忠左衛門は胸がふさがる思いがする。怒りよりも、己が情けなかった。

「それがしは今戸町に住みおる隠居、前原忠左衛門でござる」

そう言って懐の紙包みを取り出してから、しもうた、偽名を使えば良かったと気がついたがもはや後の祭だ。手許で天地を引っ繰り返してから、かよに差し出す。

「だんなさまとありますが、これは」

かよは表書きだけを見て、顔を上げた。忠左衛門は咳払いをして、束の間、考えてから口を開いた。

「それがしの友人の妻女がしたためた文にござっての。没字漢ゆえ、わしに読んでくれぬかと頼んで参ったのだが、それがしも四角い文字がどうにもいけぬ。いや、多少はわかるが、読み違えをして伝えては気の毒ゆえ、誰か、文字の確かな者に読んでもらおうと思い立った次第にて」

急に思いついた嘘であるので、我ながらしどろもどろだ。かよは「さようですか」と、口許に手をやった。

「失礼ながら、お武家様にも没字漢はおられると夫が申していたことがありましたが、真(まこと)であったのですね」

「武士に学問は要らざる長物(ちょうぶつ)だ」

いつもの考えを持ち出したが、なぜか背中が丸くなる。

「お言葉を返すようですが、商家でも証文やら帳面付けやら、読み書きは必須にござります。それゆえ、皆、束脩(そくしゅう)を工面してこうして手習塾に子をお寄越しになるのです。お武家様のご奉公ではなおのこと、文書が多いのではありませぬか」

「組には誰かひとりくらいは読み書きのできる者がおるゆえ、その者が皆に読んで聞かせておった。まあ、己の名くらいは皆、書けるでの。たまにそれも怪しい年寄りもおるが、少々、間違うておっても別段、お咎めはないものだ。それがしら徒衆はまずは上様の御供が第一、武術こそが本分と心得ておる」

少し肩を開き、胸を張っていた。

「では、ふだんの文のやり取りはいかがなさっておられるのですか」

「こちらに用件がある場合は、妻女にその旨を申しつけて代筆させれば事は足りる。届いた文も妻女が読み上げるので、わしが判断を下しさえすれば後は妻女が良きようにはからう。槍術の師範から丁重な礼状が来ておったとか、いついつ道場で模範試合を行ないたいのでお出まし願いたいなど、非番の日もなかなか忙しいものでの」

するとかよは両の眉をふうっと上げた。

「御内儀様のお働きが大きゅうございますねえ」

感心しているのか嘆息しているのか、よくわからぬ顔つきだ。

そう、その妻女に先立たれて途方に暮れていた。しかしもはや生前の働きなど、何もかも消し飛んでいる。

「ともかく、読んでもらえまいか。なにしろ、わしの、いや、わしの友人の妻女がかんぷうやもしれぬのだ。次第によってはただでは済まされぬ。面目を懸けて闘わねばならぬ」

「かんぷうですか」

「いかにも。貞女の面をつけた、とんだかんぷうじゃ」

「ああ、奸婦ですか。物騒なお話にございますね」

かよの眉根がまた動いた。今度は明らかに、胡乱な目つきである。

「と、友人が申しておるのだ。おことに迷惑は掛けぬ。それは誓う」

かよは一つ息を吐いてから、紙包みを手にした。

「拝見いたしましょう」

中の文を取り出してさっそく目を上下に走らせるが、いくらも経たぬうちに頭を振った。

「さきほど、ご友人の御内儀の手になる文とおっしゃいましたが、これは遺言ではないのですか。書いたお方はご息災にございますか」

「いや。没した」

「では、なおのこと読めませぬ。この、だんなさまと記されたご当人しか読んではならぬと、禁じ文がございます」

「たっての頼みなのだ。友人は苦悩している」

「苦悩」

かよは目を上げてどこか一点を見つめていたが、また忠左衛門に眼差しを戻した。

「では、今からでも読み書きをお習いなさいませ」

「今さら、わしが何ゆえ、さようなものを習わねばならぬ」

憤然と言い返すと、かよは俯いて文を畳み始めた。

「そのご友人に一言、習えとおっしゃればよろしいのでは」

しもうた。どうにも、口がうまく回らぬ。

「いや、頼まれたのはわしだ。武士が頼むと言われては、おめおめと引き下がれぬもの。して、どのくらい習うたら、それを読めるようになる。ひと月はかかろうか」

「さて、それは人それぞれにございますから何とも申せませぬが、手前どもではおよそ三、四年で奉公に必要なことは身につけられるようにとの考えを持って指南しております」

「三、四年も。いや、事は急を要するのだ。その文に書かれている漢字さえ読めるようになればよい。何とか、ならぬか。礼は弾む」

かよは文を持った両の掌を仰向けに膝の上に置いたまま、目許を引き締めた。

「さような学び方など、ありませぬ。身の内の学、芸というものは、大根や牛蒡(ごぼう)を買うように、今、欲しいと言ってすぐに手に入れられるものではございませぬ。武術も同じではありませんか」

「いかにも。幼い頃より鍛錬を積み重ねてこそ、何も考えずとも身が動くようになる」

「では、お察しがおつきになりましょう。まして平仮名と異なって、漢字は星の数ほどこの世にございます。三、四年で学べるのは方角や暦、十二支に用いられる文字、それから文の冒頭に用いる謹啓や一筆啓上、結語の草々不一などが精々です。それでも、子供らがいずれ世間に出て生きていくのに困らぬようにと教える、いわば最少限、必要な文字にございます。後は皆、生涯、稼業や奉公を通じて学び続けるのですよ」

そう言いながら文をもう一度開き、「たとえば、ここをご覧ください」と指を差した。

忠左衛門は身を乗り出して、目を凝らす。片仮名の「フ」「ト」、そして数字の「一」だ。

馬鹿にしおって。このくらいは読めるわ。

「フトイチが、いかがした」

すると、かよははっきり「いいえ」と言った。

「これは漢字の二文字にて、不一と読みます。意を尽くしきっておりませぬが、そこは忖度なさって下さいとの決まり文句です。このお方はかなり達筆でおられるので少々手こずるやもしれませぬが、さほど難しい漢字を使うておられるわけではありません。

それは内容を読まずとも、一見で判別できます」

「さようなことが、わかるものなのか」

恐るべしと、忠左衛門は目の前の女師匠を見返した。額の生え際や眉もやけに凜々しく、頼もしく見えてくる。

「ですから、ご自分でお読みになれるようお学びなさいませ。前原様」

忠左衛門は右の拳で、ごしと鼻の下をこすった。友人云々の嘘など、とうに見抜かれているようだ。

「それほどに、亡くなったお方の言葉は重うございますよ」

猫どもがまた近寄って来て、かよの膝や肘に頭をすりつけている。庭に夕陽が降りてきて、塀の外で浅蜊売りの声が聞こえる。

忠左衛門はかよを見返し、習うならこの塾だと決めた。

翌日の朝、忠左衛門はかよの夫である男師匠、佐原竹善の弟子になった。

手習子は皆、師匠の「弟子」として入門するらしく、昔は武家の主従のように盃事もあったらしい。が、昨今は至って略式のようで、奥に招じ入れられて束脩を差し出すだけだった。

竹善は三十過ぎの総髪、髭面で、小難しそうな痩せぎすだ。忠左衛門にさほど興味がなさそうで、「お励みなされ」とだけ言い、すぐに風呂敷包みを抱えて出て行った。

「本来であれば、男の子は夫の、女の子は私の弟子なのですが、このところ出教授の依頼が立て込んでおりまして、しばらく私が代教を務めさせていただきます」

かよに詫びられたが、忠左衛門は胸を撫で下ろした。倅と同じ年頃の男師匠に教えを請うよりは、はるかに気が楽だ。

「よろしゅう頼む」

殊勝に頭を下げた。背後の襖の向こうは教場で、手習子らが次々とやって来ているらしく、笑ったり叫んだり大変な騒ぎだ。どすんどすんと膝の下の畳が揺れるので、相撲をとっている者もいるようだ。

かよに伴われて教場に入った。己の天神机と筆、硯の類は自前で用意するようにと言われていたので、忠左衛門は直の小さな文机と文箱を抱えて門前町まで訪れていた。

「みな、静まって。新しいお仲間を紹介します」

それにしても、何という秩序のなさだと、呆れて教場を見渡した。

机の向きは思い思いで、輪になって双六で遊んでいる何人かが中央に陣取り、その脇で算盤を鳴らして踊り、庭に面した縁側では女の子らが猫を追っている。はたまた右の隅に目をやれば、天神机をいくつか積み上げてその上に乗り、飛び降りている男の子らの姿も見える。

「半太郎、危ないからおよしなさい」

かよはさほど大きな声を出すわけでなく、のんびりと隅の子らをたしなめた。と、机の上に乗っていた男の子が「やっ」と両腕を耳の後ろに振り上げて飛び降りた。

こいつか、さっきからうるさい音を立てていたやつは。

忠左衛門が「む」と睨むと、向こうもまっすぐこちらに向かってくる。

「昨日の爺さんだ。おいらに、ぶち当たったんだぜ。往来の真ん中を、ぼんやりと歩いてたんだ。まったく、痛いの何の」

額に手をやりながら皆に言挙げしている。昨日の、無作法で小癪な子供だった。

「わしのせいにばかり、いたすな。そなたも前を見ておらなんだであろう」

半太郎という子供は目をぱちくりとさせたが、ふいに頭を横に倒して何かを探すように背後を見た。

「先生、新入りって、どこにいるの」

「新しいお仲間は、こちらの前原忠左衛門様ですよ。ご隠居様です」

かよの言葉を聞くなり、教場が妙な声でどよめいた。

「あんなお爺さんが手習いって、何で」

「嘘でしょ、お孫をつれてきたのかと思った」

よく響くのは、縁側で群れている女の子らの声だ。女なるもの、幼少より口が進んでいる。

「でも、どう見てもお武家様でしょ。何で、竹善先生をおうちに呼ばないの」

むろん、それは考えたのだ。が、清秀や千代乃がいつやって来るとも知れず、それこそ昔の仲間がふいに訪ねてくることもある。総髪に髭面という、いかにも手跡(しゅせき)指南らしき風体(ふうてい)の男にあれこれ教えられている姿を庭越しに見られでもしたら、何と噂されることか。忠左衛門は妻女に先立たれて、おかしゅうなったと言われるだろう。

いや、もっとばつが悪いのは、宗旨変えをしたと捉えられることだ。さんざん、学問など心身をぬるくする、武士らしからぬ仕業と見下げてきた。

そして、女師匠であるかよを家に招くのも、外聞が悪いのである。それはそれで、要らざる噂の種を蒔(ま)く。

「ねえ。ご隠居の手習いなのかい」

半太郎は忠左衛門の周りをくるりと回って検分を済ませると、また見上げた。からかわれているようだ。が、かような場合は相手にならぬのが一番だ。争いはまず避ける、それが兵法の基本である。

「どうとでも申せ。仔細あって入門いたした。道楽や遊びではない」

しかしなぜか、己の顔がみるみる熱くなり、赤面しているのがわかる。心よりも先に躰が恥ずかしさを打ち明けてしまったようだった。五十も半ばを過ぎて、まだ鍛錬が足りぬ。

「ふうん」と半太郎は頷いて、胸の上で腕を組んだ。

「じゃあ、ご隠居はおいらたちの弟弟子ってことか。ねえ、ちゅうざえもんのちゅうは、忠義の忠かい」

ふいを突かれて、「いかにも」と答えてしまった。たぶん、そうに違いない。

「じゃあ、忠さんでいいね。みんな、ご隠居は忠さんだから」

「半太郎、いいかげんになさい。弟子の序列よりも、長幼の序というものがあります。わかるでしょう、そんなことくらい」と、かよがやっと注意をする。

「じゃあ、何て呼べばいいんだよ。仲間入りするには呼び名がないと困るんじゃないの。なあ、みんな」

すると一斉に皆が同調した。半太郎は腕組みをしていた左手を動かし、指先を顎に当てる。

「爺ちゃんとか、ご隠居さんとか、隔てを感じちまうしなあ。大将、親分。そうだ、親分っての、どうだい」

親分も忠さんも、侮られていることには大差ない。

「いかようでも、好きなようにいたせ」

こんな塾、どうせ三年も四年も通うつもりはないのだ。わしがその気になれば、こやつらの数倍の速さで読み書きを習得してみせる。秋になれば、この文も解読しおおせるはずだ。

それからだ。わしが事を起こさねばならぬのは、それからのこと。

忠左衛門はつかつかと教場の中に進み、脇に抱えていた文机を置いた。


六月の末になって、庭の蟬がうるさく鳴き続けている。

それより騒がしいのは子供らで、相も変わらず、思い思いに読んだり書いたり、悪戯をして遊んでいる。

とくにひどいのはあの半太郎で、猫の顔に墨で眉を描いて、とうとう穏和なかよを怒らせた。天神机の上に立たされて、左手に一本の線香を、右手にはたっぷりと水の入った茶碗を持たされている。まったく、いい気味だ。

幼い子の筆使いを背後から直してやっていたかよが、忠左衛門に近づいてきた。

「進んでいますか、親分」

何が気に入ったのか、今ではかよまでが「親分」呼ばわりだ。

忠左衛門はかよに与えられた手本を左に置いて、その読みを学び、半紙にその文字を書くという習練をしている。入門した当日、かよは城の門の名を東回りに順に記した手本を用意してくれたのだ。

「なに、城門とな。わしは昨年まで、御城がご奉公の場であったのだ」

するとかよは「ええ」と頰笑んだ。

「もしや、わしに合わせて手本を用意して下されたのか」

「それは、手習子の誰にもすることで、前原様だけを特別に扱うておるわけではありませぬよ。たいていは二月の初午（はつうま）の日に入門してきますが、六歳で来る子もいれば十歳で来る子もおりますし、いずれ商家に奉公させたいと親が望んでいる場合は算盤を、女の子はお針も学びますので、一人ひとり異なる手本を用意するのが尋常です。学びの進み具合もまた、それぞれですから」

「それは、竹善先生独自の考えであられるのか」

「いいえ。江戸のみならず、いずこの国でも手習塾はこのやり方であると夫から聞いております。一日の最後は九九を一緒に空読み(そらよ)しますが、それまでは銘々で、年長の子が幼い子を教えることもございますよ」

意外だった。学問と言えば皆で「論語」とやらを、揃って読み上げるものと思っていた。寺の僧侶が一斉に経を唱える、あの重々しいさまを想像していた。

文字の練習に使うのは半紙で、最初は薄墨で書き、だんだん濃くしていくように教えられた。その方が何度も書けるからで、一日で紙は真っ黒になる。かよが朱墨で書きようを直し、さらにその上からまた墨で書くので、黒塗りの下から朱が透けて模様みたいだ。

かよは忠左衛門の背後に来て、文机の上に顔を寄せた。息がかかるほど顔が近く、忠左衛門は半身を少し左に傾ける。

「親分、上から同じように漫然となぞるだけではいけません。書くつど、新しい心持ちを心得て下さい」

今日も早や真っ黒になっているのに、かよは筆運びまで見抜いた。

「では、次の城門の読みをお教えしておきましょう」

「ん。お願い申す」

かよは経本のように折り畳んだ手本を開いた。この手本にはさまざまな種類があるらしく、姓によく用いられる漢字を並べた「名頭（ながしら）」なるものもあるらしい。「源平藤橘（げんぺいとうきつ）」とも呼ぶようで、町人のほとんどは氏姓（うじかばね）を持たぬのに、子供らがその漢字を学ぶということに忠左衛門は驚かされた。いずれ商人ともなれば武家とかかわりを持たざるを得ないからとかよは説明していたが、それだけでもないらしい。

「貸本で人気の戯作（げさく）には、源平の合戦ものや仇討（あだうち）ものも多うございましょう。それらの物語を楽しむためにも学ぶのです」

「楽しむために、学ぶのか」

なお、驚いた。

その時、教場の中の子供らが何やら違って見えた。天神机の上に頬杖をついてぼんやりと眠そうにしていたり、うつぶせに寝転んで何かを読んでいたり、筆を持つのに飽いてお手玉を始める子もいる。と思えば、また銘々に素読や手習い、算盤に取り組む。厭々（いやいや）ではなく、どの子の顔も生き生きとして、おおらかだ。

忠左衛門は何とも言えぬ心地になった。この心持ちを何と言えばよいのか、その言葉を己が持たぬことには気がついている。ただ、子供らがこうして学ぶ姿があるということが泰平なのだと思った。この幸せな風景を守ることこそが、武家の勤めぞ。

「親分、気がそれていませんか。しっかりお聞きなさい」

かよの手が肩に置かれて、はっと気を戻した。

「すまぬ。もう一度」

「しかたありませんね。では、この城門の読みですよ。ここ」

人差し指が手本の上に置かれ、一字ずつ下に下りる。

「内（うち）、桜（さくら）、田（だ）、門（もん）」

「おお、この四文字が内桜田門か。よう存じておる。別名、きっきょう門と申してな」

「親分、それは吉凶ではなく桔梗（ききょう）門です。こう書きます。秋の七草の一つ、桔梗も同じ文字を用いますよ」

かよは新しい半紙を出して、三文字を書いた。

「吉と凶の門ではなかったのか。わしはてっきり。ああ、いや、朋輩らも皆、同様に呼んでおったので」

毎日、こんな調子だ。耳学問がいかに頼りないことであるか、日々、思い知る。

「そういえば、席書（せきがき）で書く文字をそろそろ考えておいて下さい」

「せきがき、とは」

「手習いの腕がいかほど上達したか、皆で清書（きよがき）をして教場に掲げるのですよ。六日に一度、浚（さら）いをしているでしょう。その大規模なものを当塾では、七夕（たなばた）の日に催（もよお）すのです。親御さんや近所の方らも見物に訪れて、それは賑やかですよ」

「出来栄えのいい子は褒美をもらえるんだぜ。まあ、親分はまだ期待しない方がいいけど」

振り向くと、半太郎が立たされたまま、にやりとこなたを見ている。

「ごうまんの仕置を受けている者が、偉そうに申すな」

「傲慢じゃなくて、捧満」

半太郎はたっと机から飛び降りた。かよが小さく叫んだが、茶碗からは水が一滴も零れない。線香はどうやら既に尽きていたらしい。半太郎は忠左衛門のかたわらに寄ると勝手に筆を持ち上げ、墨をつけた。桔梗門の左に、線だらけの二文字を書いた。

「奉公の奉に手偏をつけた捧、それから満月の満。月や潮が満ちるの、満つもこれだぜ」

忠左衛門は黒々と大書されたその字を見て、思わず唸った。どの線も揃って少し右上がりになっており、かよに教えられた「留め」や「払い」、「撥ね」もやけに立派に思える。顔を上げると、半太郎は不敵な笑みを泛べている。どこをどう見ても、裏長屋者の小倅なのだ。丸盆みたいに平たい顔で鼻は上を向き、頬はそばかすだらけ、手足は使い古しの箸のように薄汚れている。

しかしと、忠左衛門は目をすがめた。

こやつ、できる。

そう睨んだ途端、懐に入れた文がかさりと音を立てた。


夕暮れの庭で、秋虫がちろちろと鳴いている。もう初秋である。

忠左衛門は灯の下で筆を遣っている。あさってはいよいよ七夕の席書で、明日には清書を仕上げて出さねばならない。忠左衛門は「捧満」と書くことに決め、その二字を習練しているが、いっかな、うまく行かぬ。「捧」の字は横線が好き勝手に泳ぎ、「満」は右下の撥ねが難しい。

文字を書くにも武術のごとく構えがあって、息遣いを要するのだということは何となくわかってきた。さまざまに工夫を凝らしながら、腕を動かし続けている。

あんな小童に侮られ続けてたまるか。ここで一矢報いてやる。

半太郎への競い心に駆られ、このところは塾から戻るなり、ひたすら文机の前に坐っているのだ。

半太郎は悪ふざけが多く、しじゅう仕置を受けている。それを揶揄してやろうと、忠左衛門は「捧満」を書くことにしたのだが、妙なことに気がついた。よくよく見ていれば、何かを新しく始めるのも半太郎なのだ。そこにある反故紙(ほご)や紐、ひごを使って「こうなれば勝ち、ここに行っちまったら負け、これは引き分け」と遊びを思いつき、男の子も女の子も巻き込んでしまう。

「半太郎は利発な子です。書も大層な腕前で、まだ十一歳とは思えぬほどです。ですが本人に言えばすぐに天狗になりますから、これは内緒にございますよ」

かよは笑いながら口止めをした。半太郎は何やら、恐ろしく画数の多い字を書いて席書に出すつもりのようで、それも褒賞が狙いであるらしい。良くできた者は竹善に選ばれて、皆の前で菓子などが与えられるという。

あの小童め。塾では遊んでいると見せかけて、家で懸命に習練しておるに違いない。でなければ、大人も顔負けのあんな二字を書けるわけがないのだ。

忠左衛門はそう察しをつけて、毎日、半紙を汚し続けている。

「ご隠居様、夕餉(ゆうげ)の用意をしておきました」

敷居の向こうから下女の声が聞こえた。顔も上げず、「ああ、ご苦労」と応えた。

「気をつけて帰れよ。陽の落ちるのが、早(はよ)うなったでの」

「はい。ではまた、明日」

近頃、少しは行儀が良くなったが、いまだにお菜のまずいこと。この間も秋茄子(あきなす)の煮つけが膳の上にのっていたがぐだぐだに煮崩れて、箸で摘(つま)むのにも難儀した。考えれば、直は何を作っても旨(うま)かった。組屋敷の庭を耕(たがや)して自ら青菜や茗荷(みょうが)、紫蘇(しそ)の類を育て、厳しい懐をどう按配していたものやら、六日に一度は旬の焼き魚や造り、貝のぬたあえを供したものだった。秋になれば茸(きのこ)を焼き、冬は鴨汁だ。ほかほかと躰の芯から温(ぬく)もった。

あの一椀、一皿がいかほど旨かったかということに、忠左衛門は今頃、気づかされた。もう二度と口にできぬとわかってようやく、格別のものだったのだと知った。

足音がしたような気がして手を止めた。振り向くと、清秀だ。一礼をしてから部屋に入ってきて、しかし数歩も歩かぬうちに腰を下ろし、膝を畳んでいる。

「ご無沙汰いたしました、父上」

「いかがした、かような時分に」

清秀はそれには答えず、文机に目をやった。慌てて半紙を重ね、膝の周りに置いた紙もまとめて尻の向こうに放り投げた。

「筆を遣うておられるのですか」

「いや、ただの手遊(てすさ)びぞ。ここはむさいゆえ、隣に移ろう。夕餉ができておる。一杯やるか」

苦し紛れに誘ってみれば、清秀は目を丸くしている。小さな灯しかともしていないので顔つきはつまびらかではないが、きっとそうだろうと思った。これまで一度たりとも、共に呑もうなどと口にしたことがない父である。

「今宵は酒席に招かれておりまして、長居はできませぬ。少し立ち寄ったまでにて」

「さようか」

もう言葉の接ぎ穂を見失った。

「お蔭さまで上役の御覚えもめでたく、年が明けたらまた重責の御役を拝命することになりそうです」

「ほう。とんとん拍子だの」

「気楽な勤めではありませぬ。方々に目配り、気配りをいたしております。漫然と警固をしておるだけでよい勤めとは、異なるのです」

相も変わらず、出世を誇る言いようだ。が、ここはさらりとかわす術も見せておいてやろうと、鷹揚に返すことにした。

「根を詰めるでないぞ。躰をこわしては、元も子も無い」

「父上に案じていただかずとも、さようなことは百も承知にて」

こやつ、いったい、何をしに寄ったのだ。さては鬱憤晴らしか。

忠左衛門は舌打ちをして、己の顎を摑んだ。もう、口をきく気にならない。昔からこいつは、こうだったのだ。直の背後からじっと、学問のない父をうかがい見ていた。さぞ、見下げていたのだろう。

「母上の文は、いかがなされました」

切り口上に問うてくる。

「どうにも、しておらぬ。あのままだ」

本当は毎晩、寝る前に一度はあの文を開いている。ところどころ、少し読める字は増えた。冒頭の「一筆申し上げます」、そして末尾の「不一」、中ほどには「学問」や「武士」もある。

――じつは清秀につきまして、衷心よりお詫びせねばならぬことがござります。

清秀が読み上げた、あの一文は今も胸底に杭のごとく引っ掛かっているが、何となく、不義密通の告白ではないような気がしていた。そう思いたいだけなのかもしれぬ。ただ、毎晩、見ていると、水草のごとく揺れる美しさに何の疚しさがあろうかと思えてならぬのだ。手習塾のかよの言葉も、その直感めいたものを助けていた。

亡くなったお方の言葉は重うございますよ。

かよはそう言ったのだ。さっと一見しただけで、さほど難解な漢字は使われていないと判じた手練れである。もしかしたら、もう少し内容を汲み取っていたのではないか。しかし忠左衛門は、まだ読むことができない。

直、そなたはいったい、清秀についての何を詫びたいのだ。

清秀に亡き妻の面影を重ねてみたが、肩から上が影になってよく見えない。

「では、そろそろ御免つかまつります。遅れるわけには参らぬ相手にございますゆえ」

素っ気なく立ち上がったかと思うと、もう後ろ姿になっていた。

何か、屈託を抱えておるのではないかと気になったが、掛ける言葉を持ち合わせていなかった。


太鼓や鼓の音が往来で鳴り響き、教場の中は人いきれで暑いほどだ。

席書がこれほど賑やかな催しであるとは想像だにしていなかったので、忠左衛門は年甲斐もなくうろたえていた。手習子の親と思しき者らが弁当包みを提げて訪れており、さらに庭では近所の商家や職人らが懐手をして見物しているのだ。往来には露店まで出ているらしい。

子供らは皆、自身の父親や母親と一緒に、張り出された己の書を指差し、照れ笑いをしたり叱られたりしている。その中の文字のうち、「七夕」や「彦星織姫」、「鶴」「亀」

あたりはかよに教えてもらったので読めるのだが、中にはとんと見当のつかぬものもある。

とくにひときわ大きな紙に記した半太郎の文字は複雑過ぎて、目の奥がちかちかとするほどだ。当人を摑まえて訊ねようと思うのだが、どこにも姿が見えない。

やがて半太郎の書の下に何人もの大人が集まり、感心しきりとなった。

「こいつぁ、大したもんだ」

「これ、何てぇ読むんです。あたしもたいてい読本好きだけど、こんな字は初めてだ」

「これはね、麒麟(きりん)ですよ」

「ああ、やっぱり、そうかと思ったんだ」

「またまた。負けず嫌いだね、あんたも」

ほう。あれは「きりん」という文字なのか。忠左衛門は笹飾りの陰に遠慮がちに坐っていたのだが立ち上がり、その字の下に近づいてみた。人の頭越しであるが、紙は鴨居からぶら下げてあるのでよく見える。

「麒麟ってのは、有難(ありがて)え霊獣だろ。顔が龍で、尾っぽは牛、それで馬の蹄(ひづめ)を持つんだってな」

「そう。躰の毛は黄色だけど、たてがみは五色だってね。でもって、鱗(うろこ)まであるってぇんだから、水の中でも走れるのかね」

祭のごとき喧騒の中で、忠左衛門はその麒麟とやらを思い泛べた。雄々しい獣の姿だ。そう思わせてくれる、堂々たる字である。

隣に立っていた女隠居が目尻を下げながら話し掛けてきた。

「おたくのお孫さんも、ここで習っておいでですかえ」

「いや。孫はおりませぬ」

「では、ご近所にお住まいで」

「それがしは、ここで学んでおります。この麒麟を書いた子供の、弟弟子に当たります」

返事が不得要領（ふとくようりょう）であったのか、女隠居は「はあ」と口をすぼめたまま離れてしまった。忠左衛門もそのまま動き、一点、一点の作をゆっくりと見物する。我が「捧満」は一番端にぶら下がっていて、思わず苦笑いを零した。

「親分、まだまだの出来だね。ま、気を落とさないで頑張んな」

声がして、見下ろせば半太郎だった。

「おぬし、どこにおったのだ。探したのだぞ」

「うん。今日はちと、うちで野暮用があった」

大人びた物言いをした。

「家はどこなのだ」

「この近く。おいら、雪駄屋の倅」

「さようか。今度、購いに行こう」

「いいけど」

半太郎は言い淀んだ。

「かような爺さん、迷惑か」

「そうじゃないけど」

と、かよの声がした。見れば手招きをしている。

「みんな、これより本日の評を始めます。こちらに集まって」

今日は竹善もいて、親らの挨拶に鷹揚に応えている。その前に手習子が集まり始めたので、親や祖父母は縁側へと移る。忠左衛門は身の置き所に迷ったが、思い切って子供らの最後尾に立った。

竹善が懐から紙を取り出して、名を読み上げた。

「吾妻屋うめ、これへ」

うめは七歳で、お手玉の好きな子だ。頬がいつもより赤く、ぎくしゃくと竹善の前に進む。

「七夕の文字、よう励んだの。これからも精進いたせ」

かよが褒美らしき包みを差し出すと、皆の目はそれに釘づけになった。

「いいなあ、おうめちゃん」

「今年のご褒美、ふぢやの飴菓子なんだって。とても甘いんだって」

羨ましがっているが、年上の子らは「よかったね」と声を掛けてやっている。おうめは梅干しみたいな色になって列に戻ってきたが、忠左衛門と目が合うと、にこりと小さな歯を見せた。心底、嬉しいのがわかり、「おめでとう」と言ってやった。

それから次々と前に呼ばれ、褒美をもらっていく。呼ばれぬ者は少し俯いて、ちらりと振り向いて親を見、唇を噛んだりする。親の手前、恥ずかしく、そして口惜しくもあるのだろう。けれどこうして師匠に評されることで、進む力を得るのだ。今度こそ褒めてもらいたいと、また筆を持つ。

「上総屋半太郎、これへ」

竹善の声が、ひときわ大きく響いた。半太郎も「はい」としっかりした声で返事をして、進み出る。竹善が皆を見回した。

「半太郎の麒麟は筆運びの勢い、墨色、気韻、すべてにおいて殊の外の出来栄えである。ようここまで習練いたした。ついてはわしから硯、かよから筆と紙を与える。此度は格別の褒美じゃ」

半太郎がどんな顔でそれを受け取っているのか、忠左衛門は真後ろの最後列なので見えない。だが、かよが風呂敷包みを差し出した時、ちらりと横顔が見えた。いつものふてぶてしさは鳴りを潜め、やけに神妙だ。

「有難う存じます」

頭を下げて受け取ると、子供らが歓声を上げた。太鼓がどどんと鳴る。かよは半太郎の肩に手を置き、小腰を屈めて何かを言っている。半太郎はこくりと頷いて、かよのかたわらに並んだ。

「じつは、半太郎は今日で退塾することになりました。みんな、お別れを告げてやって」

忠左衛門の口から「な」と声が洩れた。皆も同時である。

「何で、半ちゃん。何でやめちゃうんだよ」

「ひどいよ。そんなこと、何も言ってなかったじゃないか」

いつも子分のようにくっついていた男の子らが、色をなして半太郎に詰め寄った。

「半太郎のおうち、家移りしなさるのよ」

「そんなあ。半ちゃんと遊べないんじゃ、つまらない。おいらも退塾する」

頰を膨らませながら、足踏みをする子もいる。半太郎は「ありがとうよ」と笑った。それ以上はもう何も言わず、唇を引き結んで包みを抱えていた。


直の三回忌の法要を済ませた翌日、忠左衛門は縁側に坐っていた。

春陽の中で、懐から白い紙包みを出した。表書きの「だんなさま」はうっすらと汚れ、きっちりと折り畳まれていた上下も撚(よ)れて皺(しわ)になっている。

直、待たせたの。ようやく、読ませてもらうぞ。

胸の中で呟(つぶや)きながら包みを開き、中を取り出した。覚悟はできている。

二年前、清秀が読み上げた通り、文の冒頭は忠左衛門への礼がしたためてあり、そして件(くだん)の文にさしかかった。


じつは清秀につきまして、衷心よりお詫びせねばならぬことがござります。

ご承知のように清秀は生来、壮健とは言えぬ生まれつきにて、赤子の頃はそれはよう風邪をひき、高熱もしじゅうにござりました。七つまで生き延びられるかどうかとお医者にも告げられ、私は己の寿命を引き換えにしてでもと神仏に祈ったものにございます。どうか、母の愚かさとお笑い下さいませ。麻疹に罹ったのではないかと今、疑いを持った私は、あの時、お借りした命を天にお返し申すのだと、そう得心いたしております。心は至って穏やかにございます。

いいえ、旦那様にお詫び申したいのは、このことではございませぬ。私は、躰の弱い清秀が先々、武士として生きていくためには、学問を身につけさせるのが肝要と考えました。本来であれば、旦那様から武術の教えを受け、立派な御徒としてお育て申すべきところ、私は旦那様の得意となさること、その逆を目指そうと考えたのです。きっかけは、憶えておいででしょうか、清秀が川で溺れかかったあの日にございました。

このままでは父を恐れるばかりの、意地のねじけた人間になってしまうのではないかと、私は危惧いたしました。そこで学問の道に進ませたいと考えたのです。これはまったくもって、賭けにございました。その賭けがいかがであったのか、私にはまだわかりませぬ。

ですが、もしかしたら父親として子と接する楽しみを、その甲斐を旦那様から奪うてしもうたのではございますまいか。私はずっとそのことが気懸りで、お詫びしたいと思うておりました。

どうか、お許し下さいませ。

清秀は、いえ、もう家督を継がれたのですから、清秀殿と呼ばねばなりますまい。清秀殿は誰も予想だにせぬ出世を遂げましたが、そのぶん、妬み嫉みの波に揉まれ続けましょう。位階を極めれば極めるほど、波も大きゅうなろうと拝察いたします。なれど、もはや親は盾になってやることはできませぬ。子が己の力でいかほど泳いでいけるか、ただ、見守ってやって下されば幸甚に存じます。お頼み申します。

私は、旦那様の武辺者としての生きようを、今でも誇りに思うております。いえ、正直に申せば、学問一筋の家に育ちました私には、大変、珍しゅうございました。旧き良き武士の面影を、旦那様に見ていたのでございましょう。その生きようを貫いて下さることを、私は願います。

ただ、読み書きの向こうにある世界にもほんの少し踏み出されてみれば、それはそれで面白うございます。と申し上げるのは、もはや蛇足でございましょうね。ここまで、旦那様は読んで下さったのですから。きっと自力で、ここまで来て下さったのでしょう。何年掛かりましたか。最後に、この言葉で筆を擱きたいと存じます。

よう、頑張られました。褒めて差し上げます。

不一

忠左衛門は最後の一行に至るともう一度、そしてさらにもう一度、読み返した。

褒めてもろうた。

目をしばたたかせ、胡坐を組み直す。裏木戸の際にある枝垂桜が揺れ、清秀が入ってきた。その背後には妻女の千代乃も付き添っていて、忠左衛門に向かって頭を下げる。

「義父上、昨日はどうもお疲れさまにござりました」

「こちらこそ。雑作を掛けた」

千代乃は頷いて縁側から上がった。下女に茶を言いつけている。清秀はそのまま腰を下ろした。忠左衛門の胡坐の中にあるものにゆるりと目をやり、目許をやわらげた。

「読まれましたか。とうとう」

「ん」

「いかがでしたか。母上は何と」

「申さぬ。秘密じゃ」

すると、清秀は白い歯を見せて笑った。その横顔を見て、何かに気づいた。

「もしや、そなた、知っておったのか。この文の内容を」

「いいえ。存じませぬ。ただ」

「ただ、何じゃ」

「母上の遺品から紙包みを見つけたというのは、偽りにございます。母上が亡くなる前に、それがしにお託しになりました」

　絶句した。

「それがしは、母上にこう申し上げたのです。隠居家に父上おひとりでお暮らしいただくのも気懸りゆえ、我が屋敷で共に住んでいただきます。どうか、ご安堵下されと。ご当人を目の前にして打ち明けるのも、口はばったいものですが」

　清秀は右の手を握り締め、拳で鼻の下をこすった。

「直は、何と申した」

「かような申し出、要らぬ節介じゃと退けられるであろうと、おっしゃいました。それよりも、私が身罷ればこれをお渡しするようにと文を託されました。旦那様が夢中になって下さると良いのですがと、悪戯っぽく笑うておいででした」

「謀られた。母子にしてやられたわ」

　お蔭で、独りの寂しさがいかほど紛れたことかと思う。忠左衛門は、明日も手習塾に行くつもりだ。あさってても、ずっと。

奉公に出た半太郎は、時々、文を寄越す。かよに聞いたところによると、半太郎の親は細々と雪駄屋を商っていたが、元々、貧乏人に学問など要らぬという考えで、入門も半太郎の懇願によって渋々、認めたような案配だったようだ。塾に納める月並銭もなかなか工面してもらえぬため、半太郎は子守りや内職をして幾ばくかの銭を持ってきていたらしい。それでも親はとうとう店賃も払えなくなり、借金も重なって、江戸から逃げるように在所に帰ったという。

しかし竹善の尽力もあって、半太郎は日本橋の書肆の小僧として住み込みが決まった。忠左衛門は塾の帰りに店先をのぞき、紙束を懸命に運んでいる姿を確かめた。元気そうで、ほっとした。そして文を書いた。

――近くにお越しの節は、ぜひお立ち寄り願いたく候。不一

差出人は、親分と書いた。

千代乃が手ずから茶を運んできて、縁側にゆっくりと腰を下ろした。湯呑みを持ち上げると、清秀が居ずまいを正す。

「父上」

「ん」

「子ができましてございます」

あやうく、口から茶を噴きそうになった。

「それほど、驚かれることですか」

清秀が呆れ、千代乃が笑う。

「いや、めでたい。そうか、わしにも孫ができるか」

「父上、武術の伝授はお頼み申しましたぞ」

「何を言う。わしは手跡も指南してやれるぞ。麒麟だって書ける。左にこう、鹿を置いてだな」

空に向かって、短い人差し指で書いてみせた。

何やら胸が一杯で、とても言い尽くせぬ思いだ。これぞ、不一であるのだろう。

下駄屋おけい

宇江佐真理

宇江佐真理（うえざ・まり）
一九四九年北海道生まれ。九五年に「幻の声」でオール讀物新人賞、二〇〇〇年に『深川恋物語』で吉川英治文学新人賞、〇一年に『余寒の雪』で中山義秀文学賞を受賞。著書に『雷桜』『斬られ権佐』『憂き世店』『為吉　北町奉行所ものがたり』『うめ婆行状記』『深尾くれない』『おはぐろとんぼ』『富子すきすき』『お柳、一途』『恋いちもんめ』、「髪結い伊三次捕物余話」「泣きの銀次」シリーズなど。一五年逝去。

一

仙台堀に架かる上ノ橋の傍（そば）まで来ると、木戸番小屋の「八里半」と書かれた赤い提灯が眼についた。

「おさや、焼き芋買おうか？」

けいは後ろのおさやを振り返って訊（き）いた。清住町に茶の湯の稽古に行った帰りだった。

「いやですよ。誰かに見られたら恥ずかしいですから」

女中のおさやはそう言った。

「あ、そう。お前は焼き芋は嫌いなんだね」

けいは躊躇した表情のおさやに構わず「おばさん、焼き芋おくれ」と威勢のよい声を上げた。

「まあ、お嬢さん、お越しなさいませ。よいお日和でございますね。今日はどこかへお出かけだったんですか？」

木戸番の女房は愛想のよい笑顔でけいを迎えた。

「茶の湯のお稽古さ。お師匠さんが怖い人だから気を遣うんだよ。ここまで来たら小腹が空いてね」

「まああそうですか。育ち盛りですからね。お腹が空くんですよ。わたしもお嬢さんぐらいの年頃はそうでしたよ」

木戸番は内職に店を出している所が多い。ちょっとした小間物や子供の喜びそうな駄菓子、季節になれば西瓜も切り売りしている。

焙烙で焼く焼き芋も、木戸番の店ではお馴染みの品物である。八里半は栗（九里）に近い味という謎掛けなのである。ついでに十三里と謳う店もある。こちらは栗よりうまいと傲っている。

「お芋は今日でお仕舞いなんですよ。秋まで辛抱して下さいね」

木戸番の女房は少し残念そうに言った。

「そうなの。そいじゃ食べ納めだね？　おさや、恥ずかしがっていると食べ損なうよ」

けいは、おさやをけしかける。

「さあさ、そちらのお嬢さんも、お店の中で召し上がれば恥ずかしいことはありませんよ。今、お茶をお淹れ致しますから」

木戸番の女房もそう言った。お嬢さんと持ち上げられたおさやは、ようやくけいの後から店の中に入った。一本、百匁ほどの焼き芋は値にして六、七文だから女房子供のお八つにはうってつけである。けいとおさやは懐から手拭いを出し、熱い焼き芋を受け取り、代金を払うと人目のないのをいいことにむしゃぶりついた。

「おいしいね」

けいがおさやに言うと、おさやも嬉しそうに相槌を打った。けいと同い年のおさやは、けいの外出に付き添うことが多い。帰りは二人で買い喰いするのが楽しみだった。焼き芋がおさやの好物なのを、けいは知っている。

初夏の深川は薄みずいろの空が拡がり、筆で刷いたような雲が繋かっている。川風が心地よく木戸番小屋にも入ってきた。その風には微かに潮の匂いがした。けいの住む佐賀町は水利の便がよいことから水辺際にはお蔵が建ち並んでいる。いかにも江戸の表通りらしい景観である。

舟着場には毎日のように荷を積んだ舟がやって来て、人足が重そうな荷を担いで舟着場とお蔵の間を行き来する。荷の中味は米、雑穀、果物、野菜、生糸、綿など様々で、町の活気を感じさせた。

けいの家は太物屋の「伊豆屋」で、蔵持ちの店の一つに数えられる。主に木綿の反物を扱っていた。商家の奉公人のお仕着せは、この頃は木綿と決まっているので、得意先から定期的に何十反もの注文がある。また、旗本屋敷の御用も引き受けているので伊豆屋はなかなか繁昌していた。

けいの父親の善兵衛は伊豆屋に小僧から奉公して、手代、番頭と出世した男である。一人娘のすずと祝言を挙げて伊豆屋の跡取りとなったのだ。

善兵衛は先代の期待を裏切ることなく商売に励み、身代は先代の頃よりひと回りも大きくなったと言われている。善兵衛が自ら越後などの木綿の産地に赴き、より質のよい品物を安く仕入れることに成功したからだ。

善兵衛は商売熱心のあまり、けいと、その下の幸助、さちの三人の子供達とは普通の父親らしく一緒に遊んでやることは少なかった。

「お嬢さん、その下駄、まだ履いていらっしゃるんですか？」

狭い座敷に腰掛けて焼き芋を頰張っていたおさやは、けいの足許に視線を落として訊いた。角を丸くしてあるけいの下駄は台を桐と奢っているが、もうずっと履き続けているのでくたびれても見える。

「履きやすいんだよ」

「でも、お茶の先生の所では、お嬢さんの下駄は少し見劣りしているように思いましたけど。ほら、お内儀さんが買って下さった赤い鼻緒のついた塗り下駄をお履きなさいましな」

「あれは見た目はいいけれど履き難い下駄だよ。あんな下駄じゃ一町も歩けやしない」

「下駄は履きやすいのが一番でございますよ」

　木戸番の女房もそんなことを言った。

「彦爺いの下駄があたいは好きさ」

　伊豆屋のはす向かいに店を構える「下駄清」には彦七という下駄職人がいた。けいは彦七の拵える下駄を贔屓にしている。

　佐賀町には蔵持ちの問屋が多いが、通りを挟んだ東側には小商いの店も軒を連ねていた。

　搗き米屋、小間物屋、履物屋、蕎麦屋、菓子屋などである。町の人々が気軽に利用する店だ。けいの住む佐賀町は問屋と小商いの店が仲良く共存しているような町だった。店の構えに拘らず、問屋の主も小商いの店の主も親しく言葉を交わす。近所の付き合いを大事に考える人間が多い。

けいが不在がちの父親を持って、さほど寂しさを感じずに過ごせたのは、すずの愛情もさることながら近隣の人々がけいを親戚同様に可愛がってくれたからだ。

下駄清の夫婦には娘がいないせいで、特に可愛がられていた。今でもけいが頻繁に出入りするのは下駄清が一番である。そういう理由からでもないが、けいは他の店の下駄を履く気にはなれなかった。

「お嬢さんは履物屋さんにお輿入れなすったらいいんですよ」

おさやは焼き芋を食べ終えると、淹れて貰った茶を啜りながら言った。

「でも下駄清じゃなくて、もっと大きなお店ですよ」

おさやは念を押すように続けた。けいはむっと腹が立った。下駄清ではどうしていけないのかと。しかし、おさやの言うことはもっともだった。伊豆屋の長女として生まれたけいの嫁ぎ先は、伊豆屋と肩を並べる商家になるのだった。おさやは同い年でも、けいより、よほど大人びている。世の中の理屈も心得ているようなところがある。

そのおさやに言われて、けいは胸の中で少し落胆する思いも味わっていた。

「ごちそうさま。さあ行こう、おさや」

茶の入った湯吞を飲み干すと、けいはおさやを促した。

「また、お寄り下さいまし」

木戸番の女房の愛想に、けいはにッと笑って「あいよ」と応えた。

上ノ橋を渡る頃は黄昏が迫っていた。おさやは途端に急ぎ足になった。道草を喰って刻が経ったことに慌てているのだ。

「先にお帰りよ。あたいは彦爺いの所に寄るから。おっ母さんにそう言っておくれ」

「でも……」

「心配しなくていいよ。お前は急ぐんだろ？」

「それじゃ、すぐにお戻り下さいね」

「ああ、わかったよ」

おさやが去って行くと、けいは橋の欄干から水の面を見つめた。真夏になれば今年も水母が見られるだろうかと、ふと思った。上げ潮に乗って水母が仙台堀に浮かんでいたのは去年のことだった。

茶の湯の師匠に、すずから頼まれた届け物をして、この上ノ橋に掛かった時、鼻緒が切れた。その時、おさやも伴についていなくて、けいは一人だった。彦七に文句を言ってやろうと、けいは鼻緒の切れた下駄を片手に持ち、歩き出した。

「何んだ、おけい。鼻緒が切れたのか？」

後ろから来た巳之吉に、その時、声を掛けられたのだ。

巳之吉は下駄清の長男で、けいより五つ上だった。父親の用事で外に出て、帰るところだったのだろう。風呂敷包みを肩に担いでいた。

「これから店に行こうと思っていたところさ。あんちゃんにとんだところを見られちまった」

けいは笑いながら言ったが胸の動悸を覚えた。

「店まではすぐだが、それじゃ不便だろ？　ちょいとすげ換えてやるぜ」

巳之吉は荷物を下ろすと風呂敷を解き、行李の蓋（ふた）を開けて、中から麻紐を取り出した。

「用意がいいのは、さすがに下駄屋の息子だね」

「何言いやがる」

笑った巳之吉に八重歯が覗いた。

鼻緒をすげ換えた下駄に足を通した時、橋の上にいた子供達が騒ぎ出した。何事かと巳之吉と一緒に下を覗くと水母がぷかぷか浮いていた。

「水母だね？」

けいは巳之吉に言った。

「ああ、海にいるつもりで間違って大川に上って来たんだろう」

「刺されると痛いのだろう？」

「痛いより痺れるんだろうな。おれは刺されたことはねェが、魚屋がそんなことを言っていたぜ」

「でも、ぷかぷか浮いているところは、そんなふうに見えないね。呑気なものだ」

白く透き通った水母は水に浸けた真綿のようだった。巳之吉は溜め息をついた。その溜め息がけいの首筋にかかった。

「おれも水母みてェなもんだな」

独り言のように巳之吉は呟いた。恐らく、あの時、巳之吉は、あてもなく漂う水母に自分の姿を重ね合わせていたのだろう。そんな巳之吉の心の中を、もちろん、けいは知らなかった。訝(いぶか)しそうに巳之吉の横顔を見ただけである。

二

間口二間の下駄清は入ったすぐから色とりどりの鼻緒が眼に飛び込む。庭下駄、駒下駄、日和下駄、雪駄に釘木履(くぎぽくり)。雪の季節には箱下駄（雪下駄）も並んだ。店の構えに対し、品物の多いのが下駄清の特徴であった。

けいは色の賑わいのあるその店が好きだった。自分の店で扱う品物はおもしろくも何んともなかった。

品物を並べた奥に帳場があり、けいが入って行くと「おけいちゃん、いらっしゃい」と主の清吉(せいきち)が愛想のよい笑顔で迎えてくれる。台所で仕事をしていた女房のおよしも顔を覗かせ「お茶のお稽古かえ？」と訳知り顔で訊ねた。

「うん。ちょいと気詰まりだったんで。息抜きさせておくれね、おばさん」

「下駄屋で息抜きかえ？」

およしは苦笑して中に引っ込んだ。けいはそのまま、土間口の衝立(ついたて)の陰で仕事をしている彦七の傍に行った。

彦七は口の利けない男だった。海辺大工町で独り暮らしをしている。

彦七の年が幾つなのか、けいは、はっきりとは知らなかった。自分の父親や清吉より、よほど年寄りには思っている。髪には白いものが多く、皺だらけの顔にぎょろりと動く眼と厚い唇、がっしりした鼻がある。日がな一日猪首を俯けて、下駄を拵えている。

客の中には彦七を気味悪がる者もいた。しかし、腕には定評があり、深川どころか江戸からも、わざわざ下駄を誂(あつら)えに来る客もいる。

けいは彦七が好きだった。彦七の優しさを知っていたからだ。けいが彦七の前にある小座蒲団を敷いた床几(しょうぎ)に座ると、彦七の節くれ立った指は、けいの素足に自然に伸びて、鼻緒の状態を確かめてくれる。けいの柔らかい皮膚が鼻緒で擦れていないかと気遣うのだ。鼻緒が弛んでいれば足が下駄の上で遊ぶので、彦七はどんなに忙しい時でも手直ししてくれる。けいは、そうされることを今では当たり前のように思っていた。

けいは彦七の拵えた下駄を歯が磨(す)り減ってしまうまで履く。履き潰すのだ。けいは、彦七に職人冥利を感じさせてくれる極上の客であったのかも知れない。けれど、けいはそこまで考えていた訳ではない。履き易い下駄だから、そればかりを突っ掛けていただけなのだ。

「この下駄、くたびれていると、おさやに言われちまったよ。そろそろ新調した方がいいかえ？」

いつものように鼻緒の様子を見てもらった後に、けいは口を開いた。彦七は下駄をじっと眺めてから裏を返し、歯の減り具合を見た。それから傍(かたわ)らの襤褸布(ぼろぬの)で台と鼻緒を磨くと、まだ大丈夫だというように小さく首を振った。

「そうだよね。彦爺いも、そう思うだろう？　それなのにおさやったら……」

けいは子供の頃から彦七を前にして他愛ないお喋りをよくしていた。

「彦爺い、土筆が生えていたよ。ほら見てごらん。可愛いだろ？」

彦七は手を止めて、けいの小さな掌にのせられていた土筆に見入った。

その顔が、もう春だなあと言っているように見えた。かと思えば、「お蔵の屋根にかもめがとまっていてさ、二羽なんだよ。あれはつがいだろうね。仲良く日向ぼっこしていたよ」とか、「利兵衛店に大工の夫婦がいたろ？　もの凄い夫婦喧嘩だったよ。亭主が、おかみさんの頰っぺたを張ってさ、可哀想におかみさんの頰っぺたに手の形がついちまったよ」などと彦七に言った。

彦七はけいの口許を見つめ、時々、咳き込むような笑い声を立てた。そんな彦七の様子に清吉もおよしも不思議そうにしていた。

彦七は町内の子供達から恐れられていたからだ。彦七は人見知りが激しく、強情で融通の利かない面がある。彦七に見つめられて泣き出す子供もいた。彦七を恐れないのは、けいと巳之吉ぐらいのものだった。

けいは昔から、ものおじしない子供であった。人相や恰好だけで無闇に人を恐れることはない。けいが恐ろしかったのは、正月に門付けに訪れる獅子舞の獅子ぐらいのものだった。伊豆屋の娘として育ったので、やや驕慢なところはあったが、おおらかな性格が、さほどそれを感じさせなかった。

「ねえ、彦爺い。あんちゃんから相変わらず連絡はないの?」

けいは声をひそめて訊いた。彦七は帳場の清吉をちらりと振り返って首を振った。

それから人差し指を厚い唇に押し当てた。それ以上喋るな、ということだ。

巳之吉がお店の金を十五両も持ち出して行方をくらましたのは、昨年の暮のことだった。

清吉は頭に血を昇らせて勘当だと息巻いた。

善兵衛が出て行って、もう少し様子を見た方がいいと清吉を宥めていたが、戻って来ると、「あの馬鹿息子が!」と吐き捨てたのに、けいは肝が冷えた。人を見る目があると言われる善兵衛にそう言われては、巳之吉の立つ瀬がないように思われた。

仕方がないことと思いながら、巳之吉のことを考えると自然に眼が濡れた。

巳之吉がいなくなって、けいは自分の気持ちが、はっきりとわかったような気がする。

巳之吉は清吉にもおよしにも似ていない涼し気な容貌をしていた。近所で常磐津の師匠をしているお駒などは「みのちゃんは下駄屋を継ぐより、お役者になればいいのに」と言っていたのをけいは覚えている。

巳之吉は幼い頃、癇が強く、夜泣きで清吉とおよしを悩ませた。成長して十歳過ぎても寝小便のくせがあった。

下駄清の裏手は子供が遊ぶのには恰好の空き地になっていて、けいは近所の子供達とよく遊んだものだが、物干し竿にはシミのついた蒲団が干されていることが多かった。

叱られた巳之吉が泣いたような眼をしていたのも、けいは子供心に気の毒に思え、他の子供達のように囃して苛める気にはなれなかった。それが巳之吉に対する恋心の芽生えだったのかも知れない。

寝小便のことを除けば巳之吉は、竹馬にせよ、お手玉にせよ、独楽廻し、凧揚げ、何んでもずば抜けてうまかった。手習いや算盤の稽古に通っても、すぐに頭角を現した。

一時期、剣道の道場にも通ったことがあるが、武家の息子を叩きのめしてから清吉にやめさせられている。そんな巳之吉だったから十五歳ほどになった時は、町内の娘達から憧れの眼で見られるようになっていた。

騒がれて脂下(やに)がっている様子の巳之吉を見ると、けいは、なにさ、寝小便たれだったくせに、と心の中で毒づいていた。付け文の山を袂から出して得意そうにけいに見せる巳之吉は、けいの気持ちを少しも察している様子はなかった。

巳之吉の悪い噂を耳にするようになったのは昨年の夏からだった。ちょうど切れた鼻緒をすげ換えてくれた頃だ。

遊びを覚え始めた巳之吉は店が閉まると友達と連れ立って佃町辺りに出かける。佃町は永代通りの裏手にある町で、そこはアヒルやウミなどと隠語で呼ばれる切見世が多い。

アヒルは昔、網干し場だったことから、網を干(ひ)る、が縮まってアヒルとなったのだ。網干し場は海に近いということからウミとも呼ぶのだろう。

切見世はチョンの間、幾らで遊ばせる最下級の遊女屋である。年頃の男なら一度は通る道と、誰もあえて目くじら立てるものでもないが、巳之吉の場合、付き合う友達が悪かったせいか度が過ぎていた。翌日のことも考えずに遊び廻るので次第に仕事にも障りが出るようになったのだ。

かつて寝小便の小言を言っていた清吉とおよしは、今度は巳之吉の遊びのことで頭を悩ませなければならなかった。

けいは深夜に巳之吉と清吉が争う声を何度も聞いた。そんな時、けいの胸の動悸は激しくなった。二人が一刻も早く鎮まるように蒲団の中で両手を合わせて祈っていた。もちろん、けいも巳之吉と顔を合わせれば小言の一つも言った。

「駄目じゃないか。おじさんとおばさんを心配させちゃ」

巳之吉の人相はそれと感じるほどに悪くなっていた。頬はこけ、何やら険のようなものも表れている。

「うるせェ」

巳之吉はけいにそう言って道端にペッと唾を吐いた。

「ふん、今に鼻欠けになるさ」

けいは憎々し気に口を返した。病持ちの女を相手にすると仕舞いには鼻が腐れ落ちるという話を店の手代や番頭がしているのを覚えていた。

「へえ、おけい。物知りだの。いってェ、どうすれば鼻欠けになるのか、お前ェは知っているのかい？」

「………」

ぐっとけいは詰まった。巳之吉の口調は小意地が悪かった。

「あのな、餓鬼がどこから生まれるかも知らねェおちゃっぴいが、利いたふうな口を叩くんじゃねェよ。女房になる訳でもあるまいし……」

巳之吉が腹立ちまぎれに言った言葉に、けいは思わずぽろりと涙をこぼした。その涙を見て巳之吉はうろたえた。

「な、何も泣くこたァねェ。何んだよ、全く……」

あの時の涙の訳を巳之吉は恐らくわかっていないのだ。ずっと巳之吉だけを見つめ続けていた自分のことなど。

巳之吉だけでなく、誰もけいが巳之吉に思いを寄せていることなど知らない。たとえ、それを知る者がいたとしても、面と向かって巳之吉の嫁になれとは誰も勧めないだろう。すずが縁談の話をする時、似合いの商家の息子達が何人か挙げられたが、その中には当然、巳之吉の名はなかった。

彦七の傍に座って通りを向けば、伊豆屋の日除け幕が嫌やでも眼に入った。荷を積んだ大八車が店先に停まり、手代、番頭が忙しそうに店を出たり、入ったり。その光景を不思議なことのようにけいは眺めることがある。その構図で自分の店を眺めることの意味を、けいは持て余す。

いや、それよりも胸の内を巳之吉に打ち明けられずに他家に嫁ぐだろう自分が悲しかった。せめてひと言「あんちゃん、あたい、あんちゃんが好きだった」と言えたら、気持ちはどんなに救われることだろう。行方知れずになった巳之吉には、それを伝える術もなかった。

伊豆屋の手代の政吉と女中のおまさが相惚れになって、春に祝言を挙げた。子供ができるまで、おまさは通いになって今まで通り伊豆屋で働いている。二人は近所の裏店に所帯を構え、毎朝いそいそと通って来る。けいはそんな二人の幸福が羨ましくてならなかった。

「お前はいいねえ。好きな人と一緒になれて……」

「お嬢さん、何をおっしゃいます。何不自由のない所にお生まれになって。お嬢さんほど恵まれた方はいませんよ」とおまさは心底驚いたように声を上げた。

何不自由のない暮らしが本当に倖せだろうか。

けいは訝しむ。

「彦爺い、思う人と思う通りに生きられたら、これ以上のことはないのにねえ」

けいはいつものように彦七に独り言のように呟いた。彦七は物思いに耽っているようなけいを表情のない眼で眺めていた。

三

佐賀町は大川の傍にあるので朝夕は涼しい風も通るが、その夏の暑さは格別、けいにはこたえた。あてもなく巳之吉の姿を捜して深川の町を歩き廻ったせいだろう。下駄の下で貝殻混じりの深川の土がしゃりしゃりと音を立てた。その音が床に就いてからも、けいの耳に残る。

巳之吉はずっと遠くに行って、この深川には戻って来ないのかも知れなかった。次男の勇吉は呉服屋に住み込みで奉公に上がっている。巳之吉がいなくなっても清吉は呼び戻す様子がない。すると下駄清は清吉の代で終わりになるのだろうか。そうしたら自分はもう、下駄清の下駄は履けなくなる。おろし立ての頃から、けいの足に吸いつくように馴染む下駄が。それが悔しい。

けいの胸の中で、巳之吉に対する思慕と下駄に寄せる執着が微妙に一つになっていた。

けいに持ち込まれる縁談は日増しに多くなった。いつまでも子供のように、いやだいやだ、では済まされなくなった。年が明けたらけいは十八。適齢期ぎりぎりの年になる。それを過ぎると潮が引くように縁談は少なくなり、相手方の条件も悪くなる。娘盛りの内にと、善兵衛とすずが心配するのは当たり前のことなのだ。妹のさちは十四になる。けいを片付けたら、すぐにさちの心配もしなければならない。

けいはとうとう、その年の秋、浅草の履物問屋から持ち込まれた縁談を承知した。履物問屋という相手方の商売に心が動いたに過ぎなかった。

料理茶屋で相手方と顔合わせをしたが、けいの気持ちは少しも浮き立たなかった。どこか虚ろな気持ちのままだった。善兵衛とすずは、そんなけいを嫁入り前の娘の感傷と捉えていたようだ。

下駄清には、さすがに足が遠退(とおの)いた。彦七を裏切るような気持ちにもなったからだ。だが、ある日、踵が土に汚れていたので下駄を裏返すと、ずい分と歯が減っていた。女中のおさやにくたびれていると指摘されてからもしばらく経つ。さすがに自分もくたびれが気になった。

祝言の相手先の店に出向くことも考えたが気後れがする。まだそこまで気軽な口は利けなかった。けいは思い切って下駄清の暖簾(のれん)をくぐった。

「おけいちゃん、しばらく見なかったねえ。どうしていたのだい？」

清吉は満面に笑みを溢れさせてけいを迎えた。

「色々、野暮用があってさ。あたいも忙しかったんだよ」

「何が野暮用だよ。祝言が纏（まと）まったそうじゃないか。よかった、よかった。おじさんも嬉しいよ」

「履物問屋なんだよ」

けいは清吉を上目遣いで見ながら言った。

「甲子屋（きねや）さんだろ？　知ってるともさ」

「甲子屋」はけいの嫁ぎ先になる店の名だった。

「あたいが履物屋さんにお嫁に行くの、おじさんはいやじゃないのかえ？」

「何を言ってるんだ。いやな訳がないじゃないか。父っつぁんも喜んでいるよ」

清吉は彦七を振り返って言った。彦七もけいに照れたような笑顔を向けている。

あまり手放しで喜ぶ清吉にけいは気が抜けた。だから、少し皮肉を込めて巳之吉への思いを口にできたのかも知れない。

「おじさん。あたい、本当はあんちゃんのお嫁さんになりたかったんだよ。それなのにあんちゃんはどこかに行っちまった。待っていたかったけど、お父っつぁんもおっ母さんも嫁に行けと、やいのやいの言うからさ、仕方なく決めちまった……履物屋だから、まあいいかって気持ちでさ」

けいがそう言うと、清吉は、さっと笑顔を消した。

「おけいちゃん、本当におけいちゃんは、うちの巳之のことをそんなふうに思っていてくれたのかい？」

真顔で訊く。

「そうだよ。あたい、ずっとずっと昔からあんちゃんのことしか考えていなかった」

「……」

「でも、もうしょうがないよ。もっとも、あたいがあんちゃんに岡惚れしていることは、当のあんちゃんは知らないけどね」

「気がつかなかった。いや、気がついたとしても、おけいちゃん。伊豆屋のお嬢さんが下駄清に輿入れするのはできない相談なんだよ。これでよかったんだ。あんなぐうたらな巳之のことなんざ、きっぱりと忘れた方がおけいちゃんのためだよ」

そう言いながら清吉は声を震わせている。およしも内所（ないしょ）から出て来て「おけいちゃん……」と涙ぐんだ。およしの涙を見て、けいは胸が詰まって自分も泣きたくなった。

しかし、声を励まして「わかっているよ。だからさ、あたいはもう下駄清の下駄は履けないってことなんだよ」と言った。

「そりゃそうだ。おけいちゃんは履物問屋のお内儀さんになるんだ。よその店の下駄なんざ履いちゃいけないよ」

「最後だからもう一度、下駄清の下駄を履きたいんだ。いい？」

けいが言うと、およしは堪らず前垂れで顔を覆った。

清吉は洟を啜るとけいの手を摑み「さあ、おけいちゃん、どの下駄がいいんだい？好きなのを選んでおくれ。おじさんからのせめてもの祝儀だ。どれがいいんだい？」と、店の品物をけいに選ばせようとした。

「おじさん、甘えていいかな。彦爺いに台から造って貰いたい。よそゆきのじゃないの。普段履く下駄がほしいの」

「そ、そうかい。そういうことなら父っつぁん、おけいちゃんに極上の下駄を拵えてやっておくれ」

清吉は店の隅にいる彦七に大声で言った。

彦七も俯いて眼を拭っていた。そのまま、うんうんと肯いている。けいは彦七の傍に行ってその顔を覗き込むようにして口を開いた。

「彦爺い、台は桐を奢っておくれ。桐の板目で頼むよ。差歯は樫にして。堅いから減り難いだろ？　型は丸でいいけれど枘は陰卯にしておくれよ。台に枘が出ない方が恰好がいいからさ。少し、手間だけれどね。鼻緒は……そうだねえ、赤葡萄色のびろうどがいい。芯はあまり入れ過ぎないでね。眼の位置はいつも通りでいいよ」

すらすら注文をつけるけいに清吉は心底、驚いた顔をした。

「眼」は鼻緒を通す三つの穴で、これぐらいなら誰でも知っているが、下駄の歯の柄が台の表面に出ているものを露卯、隠れているものを陰卯と区別されていることを知っている者は少ない。

けいは下駄清に出入りする内に履物に関する専門知識を自然に身につけ、履物については、いっぱしの「通」になっていた。そのことが清吉を驚かせたのかも知れない。

「おけいちゃん、あんたは立派に甲子屋のお内儀さんが務まるよ。何んの心配もいらない。大したものだ」

「おじさんったら……あたいはべべや簪よりも下駄が好きなだけさ」

けいの重苦しい気持ちは少し晴れていた。

そうだ、これだ。自分は落ち込んだら下駄を新調したらいいのだと思う。

気に入った下駄を履いていれば、他にほしい物はないような気がする。嫁ぎ先は履物問屋だ。我儘は通るだろう。

彦七へ下駄を注文したことは、けいの幸福への祈りでもあったろうか。

四

注文した下駄はなかなかでき上がらなかった。彦七が特別気を入れて仕事をしているのだとは思ったが、それにしても遅かった。二十日もあれば彦七の腕なら充分でき上がっているはずだった。痺れを切らしたけいは下駄清に行って彦七に催促した。

彦七は躊躇うような表情をして傍らの渋紙に包まれた物を顎でしゃくった。

「何んだ、できてるじゃないか。待っているのがわかっているんだから早く言ってくれたらいいのに」

けいはいそいそと紙を開いた。びろうどの鼻緒をつけた真新しい下駄は眼に眩しいほどだった。だが、足の指を入れてけいは顔をしかめた。

「彦爺い、腕が落ちたのかえ？　だいたい、鼻緒は芯の入れ過ぎだよ。花魁の道中でもあるまいし。これじゃ、もたもたして気色が悪いよ。眼の位置もいつもと違うし……悪いけどやり直しておくれ」

傲慢とも思えるけいの物言いに彦七は素直に肯いていた。自分の仕事に絶対の自信がある彦七にしては珍しい引き下がり方だった。

清吉は帳場で二人のやり取りをはらはらした様子で眺めていた。

五日後、手直しされた下駄は差歯のがたつきが気になった。歯を削る鉋が微妙に左右で違っていたからだ。けいがそれを言うより先に彦七の方が気がついたらしく、すぐに下駄を引っ込めてしまった。

「彦爺い、具合が悪いのかえ？」

けいは彦七の額に手を当て熱でもあるのかと心配した。彦七はうるさそうにけいの手を払った。

三度目は意地になったのか前壺（下駄の上部の穴を特にそう呼ぶ）に掛かる鼻緒のきれがきつく絞り上げられていた。けいは大袈裟に顔をしかめた。彦七はそれを見て噴き出すように笑って、また下駄を引っ込めた。

四度目はどこと言って欠点はなかったが、妙に足に馴染まない気がした。変だなあと彦七の前で何度も踏み締めたり回ったりしてみた。それもそのはず、台の寸法が間違っていたのだ。彦七はチッと舌打ちをした。

そうして手直しすること五度目でようやくけいに満足の表情が表れた。

「これこれ。彦爺いの下駄はこうでなくっちゃ……」

けいは感歎の声を上げた。清吉はほっとしたように「よかったね、おけいちゃん。

おけいちゃんに喜んでもらえなきゃ、おじさんがせっかく祝儀を出した甲斐がないよ」

と言った。

「ありがと、おじさん。あたい、この下駄、ちょいと皆んなに見せてくる」

けいはでき上がった下駄をいそいそと母親や近所の人達に披露した。

「さすが彦七っつぁんの下駄はいい」

誰もがけいの下駄を持ち上げた。

「その下駄を履いていたら甲子屋さんが悋気（りんき）を起こさないかねえ」と妙な心配をする者もいた。

ひと渡り、近所の人間に下駄を見せたけいは、下駄清に戻って改めて清吉と彦七に礼を言った。清吉はなになに、と片手を振った。

彦七は時分になったので帰り仕度を始めていた。前垂れを外し、後片付けを済ますと清吉に頭を下げて店を出た。

「彦爺い、ありがとね」と、けいが言っても素知らぬ振りをしている。気になって、けいは彦七の後を追い掛けた。

「彦爺い、彦爺いったら」

けいの呼び掛けに応えることもなく、彦七はけいの前をたったと歩いて行く。存外に足取りは達者だった。けいが後ろをついているのを知っているのかどうかわからない。一度も振り向かなかった。彦七は仙台堀に架かる上ノ橋を渡った。返事をしないつもりなら彦七の塒まてついて行こうとけいは思った。

松平陸奥守の蔵屋敷を過ぎると清住町だった。町家の庭先に丹精した鉢植えの菊が美しかった。祝言の日に菊の花はまだ見られるだろうかと、けいはぼんやり思った。祝言は十一月の大安吉日だった。一度会ったきりの甲子屋佐吉はけいより十も年上の二十七。分別臭い顔をした色黒の男だった。好きも嫌いもない。けいの心を浮き立たせるような男ではなかった。

彦七は小名木川に架かる万年橋の手前を右に折れた。そこは海辺大工町で彦七の住む裏店があるのだ。

裏店の門口をくぐると厠の臭いと溝の臭いがけいの鼻をついた。そこにはずっと以前、巳之吉と一度、一緒に来たことがある。清吉の言付けを伝える巳之吉に勝手について行ったのだ。あの時は彦七に豆大福を振る舞われたことをけいは思い出していた。

「彦爺い、怒らないで。怒っているんだろ？　生意気に何度も手直しさせたから。ねえ、彦爺い」

彦七が丸に「彦」の字を乱暴に書き殴った油障子を開けた時、中から「お帰りなさい」と若い男の声がした。けいはぎょっとなった。ついで「誰か来たのかい？」と白い顔が覗いた。

「あんちゃん！」

けいは胃の腑が口から飛び出そうなほど驚いた。

「何んだ、おけいか」

驚くけいに対し、巳之吉は呆れるほど呑気な口調でふっと笑った。

「こう、入ェんな。そこに突っ立っていてもしょうがないぜ」

けいは恐る恐る土間に足を踏み入れた。六畳一間に小さな台所がついただけの住いである。土間の隅に無理に拵えた仕事場があり、綿のはみ出た座蒲団の周りに下駄の台や鼻緒、鑿、鉋が散らかしたように置いてあった。

「あんちゃんは彦爺いの所にいたのか……」

「ああ、他に行く所がなくてな」

「下駄清は敷居が高くって戻れないって訳だ」

「言い難いことを言いやがる」

巳之吉は口の端を歪めて皮肉な笑みを洩らしたが、ふと、けいの足許に視線を落として、「注文のやかましい客っていうのはおけいだったのか……」と言った。

「この下駄は、それじゃ……」

「おれだ」

けいはそれで合点がいった。彦七の腕ならあれほど手直しをする必要はなかったはずだ。

けいは胸が詰まって泣きたくなった。そうと知っていたら、たとえ鼻緒擦れが起ころうが、平衡を失ってすっ転ぼうが構わなかった。けいは手直しを何度も命じた自分の傲慢さを恥じていた。

「ごめんね、あんちゃん。あたい生意気で」

「謝るこたァねェよ。彦爺いは、この下駄に客の文句が出なくなったら、おれの腕も一人前だと言ってくれたからよ。おれも必死で拵えたものよ。その客がおけいとは、お釈迦様でもご存知あるめェってもんだ。お蔭でおれは下駄ってものがどんなもんか、少しだけわかった気がするぜ。おれァ、下駄屋の息子だ。下駄を造れねェじゃ、話になるめェよ」

彦七は狭い座敷に上がり、巳之吉の話を聞きながらゆっくりと煙管をふかしていた。その顔は穏やかに見える。

「でも、あんちゃんのことだから癪を起こしただろ？」

「ああ、何度もな。彦爺いは笑って見ていたぜ。いい薬になった」

巳之吉は吐息混じりにそう言うと、腰を屈め、いつも彦七がしていたようにけいの足の指に手の指を差し入れて、鼻緒の具合を確かめた。巳之吉の温かい指が触れた途端、全身に痺れが走った気がした。

「おれの拵えた下駄を履いて、おけいは嫁に行くんだな？　甲子屋は大店（おおだな）だ。倖せになれるぜ」

巳之吉はけいの眼を深々と覗き込んで言った。あたいはこの眼を待っていた。こんなふうに巳之吉に見つめられることを焦（こ）がれていたとけいは思った。不意にけいの口から思わぬ言葉が迸（ほとばし）った。

「いやだ、あたいいやだ。甲子屋なんかに嫁（い）きたくない！」

「馬鹿言っちゃいけねェ。しっかりしろ、おけい！」

巳之吉は慌てて興奮を静めるようにけいの両肩を強い力で掴んだ。

カン、と火鉢の縁で彦七が煙管の雁首を叩く音がした。彦七はすっと立ち上がると、何も見ていないという表情で表に出て行った。

「彦爺い、どこへ行くの？」

けいの呼び掛けにも彦七は振り向かなかった。

「彦爺いの奴、妙な気を回してよ」

巳之吉は鼻を鳴らした。二人だけになったことは今までなかった。さすがに巳之吉も間が持てない様子で、座敷に上がり、茶を淹れ始めた。

「彦爺いに聞いたことなんだが、お前ェ、おれの女房になりたかったんだって?」

巳之吉は土間につっ立ったままのけいに上目遣いになって訊いた。けいは返事をしなかった。あまりにあっさりと巳之吉が訊いたせいだ。やはり巳之吉は自分のことなど眼中になかったのだ。

だが巳之吉は、けいの胸の内をすべて承知しているかのように「お前ェの気持ちはありがてェけどよ。今のおれァ、甲子屋の話を蹴飛ばして、おれがとこへ来いとはとても言えねェ。そいつはお前ェもよくわかっていることだ。それでなくても伊豆屋と下駄清じゃ、できねェ相談よ」と言った。

けいは唇を噛み締めて巳之吉の話を聞いていた。

「飲みねェ、落ち着くぜ」

巳之吉は茶の入った湯呑を差し出した。けいは上がり框に腰掛けて湯呑を受け取った。色も香りもない安茶だったが、興奮したけいの喉を潤す役目は果たしてくれた。

「お前ェは昔っからおれのことを心配してくれた。身内みてェにおれも思っていたさ。

だけどよ、おれも分別がついてくると、伊豆屋と手前ェの店の格の違いは、いやでもわかるようになった。お前ェの親父やお袋がうちの店を贔屓にしていたのは、つまりは近所のよしみってもんだ。うちの店をまともに相手にしていた訳じゃねェ。まして、おれをおけいの祝言の相手としてなんざ、間違っても考えねェ。それぐらい、おれはわかっていたぜ。いや……こいつは理屈だ。おけい、おれは正直、お前ェを女として見たことはねェのよ。あんまり身近にいたせいかな」

「………」

「だけど、嫁に行くと知らされて、何んだか腹が立った。よくわからねェけど腹が立ってな……」

「あんちゃん」

「すると今までさほど気にも留めていなかったおけいが、やたら極上の女に見えてきたもんよ。勝手だと思うだろうが」

「好きな女がいたんだろ？」

けいはずばりと訊いた。

「その女とうまくいかなかったの？」

「おけい、おれは騙されていたのよ。真実おれに惚れていると見せて、実は後ろに亭主がいたんだ。全く、手前ェの馬鹿さ加減にゃ愛想が尽きるぜ」

巳之吉は観念して応えた。

「じゃあ、その女とは切れたんだね？」

「ああ」

「これから真面目になるんだね？」

「始まったぜ、お説教が」

「あんちゃん、あたい訊いているんだよ」

「あ、ああ……」

「下駄清を継ぐんだね？」

「親父が許してくれたらな。だが当分は無理だろう」

「あたいが……あたいがあんちゃんのお嫁さんになると言えば一発でおじさんは許してくれるよ」

けいは思い切って言った。言ってから胸の動悸が高くなった。

「おけい、そいつはできねェ相談だ。伊豆屋の旦那が承知しねェ」

「あたいの正直な気持ちだ。あたいは今まで自分にも人にも嘘を言ったことがないよ。あんちゃんが覚悟を決めてくれるのなら、あたいはお父っつぁんだろうが閻魔様だろうが堂々と自分の気持ちは言える」

「おれに……そんな意地があるかな」

巳之吉は遠くを見るような目付きで呟いた。

「お父っつぁんが怖い？」

恐る恐る訊ねたけいに、巳之吉はそういう問題ではないだろうというようにふっと笑った。

「祝言を御破算にするのがどれほど大変なことか、お前ェ、わかっているのか？」

「わかっているよ。あたいの部屋を覗いてごらんな。箪笥、長持ち、挟み箱、びいどろの鏡台、皆、油単（ゆたん）を掛けて祝言の日を待っているよ。衣桁（いこう）には鶴の縫い取りのある花嫁衣裳まで掛かっている」

「おけい、それなら尚更、このままおとなしく甲子屋に行くんだ。それがいっち丸く収まる方法よ。謀叛（むほん）を起こしてお前ェを不倖せにはできねェ」

「何んで？　どうしてあたいがあんちゃんのお嫁さんになったら不倖せになるの？」

「だから、店の格の違いだと何度も言っているじゃねェか」

「祝言が決まって腹が立ったなんて嘘だろ？　あんちゃんはあたいが他の男と枕を並べて寝ようが平気なんだ。はっきり言っておくれよ、おけいなんざ嫌いだと。そしたら諦めがつくからさ」

「おけい……」

「ここで下手な下駄を拵えているのが性分に合いますと言いなよ。そしたらあたいはすっきりするよ。意気地なしに用はないからね」

「……」

「わかったよ。もう頼まないよ。あんちゃん、おさらばえ、だ」

けいは捨て台詞を吐くと、すっと立ち上がり、油障子に手を掛けた。建て付けの悪いそれは、けいの勢いに比べ呆れるほど調子が悪かった。巳之吉が裸足のまま土間に下りて来てけいの手首を摑んだ。けいの小柄な身体はそのまますっと巳之吉の胸の中に包み込まれていた。

煙抜きの窓の外はすっかりたそがれていた。

小名木川のせせらぎが心なしか高く聞こえた。巳之吉の体温と、少し青臭いような身体の匂いがけいをうっとりとさせていた。色事は何も知らないけいだったが、巳之吉にならば何をされても構わないと思った。

「本当におれでいいのか?」

巳之吉のくぐもったような声が頭の上で聞こえた。けいは返事をする代わり、しがみついた腕に力を込めた。

「後で悔やんでも知らないぜ」

「悔やむものか！」

けいは気丈に言ってきつく眼を瞑った。

五

「甲子屋さんの話を断わって下さい」

巳之吉と一緒に伊豆屋に戻ったけいは善兵衛とすずに言った。客間に入って両親と巳之吉との四人だけになってからのことだった。

帰りが遅いので伊豆屋ではけいの行方を捜していた様子だった。ようやく戻って来たけいにほっと安心したすずだったが、隣りに立っている巳之吉に気づくと眼を剝いた。

彦七は暁になかなか戻って来なかった。性急にけいを求めようとする巳之吉に、けいはお父っつぁんの許しを得たら出合茶屋に行こうと、大胆なことを言って巳之吉を宥めた。そういう分別がけいにはあった。それでも強く吸われた唇の感触は伊豆屋に戻ってからも消えていなかった。両親を前にして僅かに気後れも覚えている。だが、ここで怯（ひる）んではいけないと気持ちを奮い立たせてけいは口を開いたのだ。

善兵衛は腕組みをしたまま眼を瞑り、しばらく返事をしなかった。反対にすずは逆上して、けいの隣りに俯きがちに座っていた巳之吉に、持っていた銀煙管を投げつけた。巳之吉はそれを器用にひょいと避けると、煙管は後ろの襖に当たって、かぎ裂きができた。

「よしなさい！」

善兵衛の声がその時だけ大きかった。肩で息をするすずの怒りはもっともだった。うまく纏まっている縁談に横から巳之吉が現れて滅茶滅茶にしようとしていたのだから。

善兵衛は、仲人も立てないで直接話を持ち込んだ巳之吉に順序が違うと堅いことを言った。善兵衛の話し方は、けいにはまるで商売の掛け引きのようにも思えた。

巳之吉は、おっしゃる通りです、と善兵衛を立て、下駄清と伊豆屋が肩を並べる店だったらそうしただろうと言った。

羽織もない木綿縞の袷（あわせ）に、よじれのあるへこ帯を締めただけの巳之吉は、どう見ても風采が上がっていない。

巳之吉はその眼に込められるだけの真実を込めて善兵衛に訴えていた。この半年ほどの自分の生活も包み隠さず善兵衛に話した。

それは十七のけいにとって辛いものもあったが、善兵衛やけいに対して誠実であろうとする巳之吉の気持ちは嬉しかった。

巳之吉は遊びの途中で居酒屋の手伝いをしていた女と理ない仲になり、所帯を持つ話まで進んだ。店に前借りのあった女はそれを理由に返事を渋っていた。巳之吉は深川を離れ、どこか遠くで暮らそうと家から十五両を持ち出し、約束の場所で女を待った。

女は来なかった。代わりに女の亭主だという男が現れて、巳之吉は殴られた上に金も奪い取られてしまった。女が亭主とぐるになって巳之吉を嵌めたのである。

間男は御法度である。亭主はなおもそれを理由に下駄清に強請を働く様子があった。

巳之吉は途方に暮れた。家には帰れず、かといって頼りにできる親戚もいない。

切羽詰まった巳之吉は彦七の所に転がり込んで縋ったのだ。

彦七はすぐに知り合いの岡っ引きにその亭主の処置を頼んだ。お上に伏せてのことだから、その時、彦七は幾らかの金を遣ったようだ。亭主と女がその後どうなったかは、巳之吉は知らない。しかし、下駄清が強請られたという話は、その時も今もけいは聞いていなかった。

けいは巳之吉の話に解せないものを感じた。

後で巳之吉と二人になった時、そっと切り出してみた。

「でも彦爺いはどうして岡っ引きに知っている人がいたの？　どうして口の利けない彦爺いがあんちゃんのことをうまく頼めたの？」

巳之吉はしばらく躊躇うような表情をしていたが、「こいつは内緒の話なんだが……」と口を開いた。

「彦爺いは、本当は口が利けるんだ」

「嘘！」

心底驚いたけいは、思わず甲高い声を上げた。そんなことはある訳がない。

「嘘を言ってどうなる」

「だって、彦爺いはあたいが子供の頃からずっと口が利けないってことで通っていたじゃないか。あたい、一度だって彦爺いの喋るのを聞いたことはないよ」

「おれだってそうさ。海辺大工町に行ってからだな。お前ェが驚くより先におれは心ノ臓が飛び出そうなほど驚いたぜ。まあ、もともと口の重い質だったそうだが」

彦七は若い頃、人並みに所帯を持っていた。履物屋に奉公して女房と娘と三人で暮らしていたのだ。その娘はけいのように、こましゃくれた娘だったそうだ。娘は年頃になると稲荷町の大部屋の役者に熱を上げた。相手の男は男前ではあったが存外に性悪な男で、娘はさんざん遊ばれて捨てられてしまった。彦七は娘を思う父親としてそれが許せなかった。相手の男に詫びの一つも入れて貰うつもりで出かけた。話の喰い違いから彦七は相手の男にひどい傷を負わせ、その傷のために男は間もなく死んでしまった。

彦七は自身番にしょっ引かれ、裁きの後に石川島の人足寄せ場に送られた。三年の後に戻って来た彦七だったが、女房はその間に死に、娘の行方は知れなかった。町年寄の肝煎りで下駄清に職を見つけた彦七はすっかり人嫌いになっていた。無理もないとけいは思った。人と話をするようになれば暗い過去のことが洩れる恐れもある。口の利けない振りをしていれば人は余計なことを訊ねない。長い間にその習慣がすっかり身について、彦七はいざ喋ろうとしてもうまく話せなくなっているという。しかし、巳之吉の時はさすがにそんなことも言っていられず、拙い喋り方で岡っ引きに頼んだようだ。その岡っ引きは彦七をしょっ引いた男の息子で、土地の親分として顔も利いた。巳之吉のこともうまく運ぶように便宜を計らってくれたのだ。

「そうだったの……彦爺いにそんなことがあったなんて、あたい、ちっとも知らなかっけいは洟を啜った。喋ることを拒否して生きて来た彦七の胸中はいかばかりであったろう。

「お前ェのことを、彦爺いはずい分気に掛けていた。だからっておれにどうしろとは言わなかったけどよ。せめて下駄を拵えてやればいいぐらいに思っていたんだろうよ。その下駄がきっかけで妙なことになっちまったが」

「あんちゃんが彦爺いと同じ下駄が造れるってことだけであたいは大満足だよ。これで下駄清は安泰だ」

豪気なけいの言葉に、勝手に決めてやがるぜ、と巳之吉は鼻を鳴らした。

善兵衛との話し合いは、一刻も続いただろうか。堅い意志のけいに善兵衛は「おけい、下駄清に行ったら、うちにいる時とは何から何まで違うのだよ。それはわかっているのかい？　巳之吉を前にして言うのも嫌味に思うだろうが、店と店の付き合い方というものもあるんだ。下駄清の人間になったら、奉公人はお前に対しては態度を変えることもあるかも知れない。我慢できるのかい？」と言った。

伊豆屋の奉公人がお嬢さん、お嬢さんと持ち上げるのは伊豆屋の暖簾の内のこと。

下駄清に嫁に行ったら、けいはただの近所の履物屋の嫁だと善兵衛は言っているのだ。俄かには信じられなかったが、けいはこくりと肯いた。わずかに躊躇ったけいの気持ちを察して巳之吉は「わかっておりやす。おけいにはそこんところ、ようく話して聞かせます」と言った。

「いけ図々しい」

もはや自分の女房にしたような巳之吉の物言いがすずの癇に障ったのだろう。すずの声はいかにも憎々しそうだった。

「お父っつぁん、あたい、覚悟ができています。もうこれからはお父っつぁんの力を当てにしません。全部、この人の稼いだものでやって行きます。あたい、履物屋の商売が心から好きだもの」

けいは健気に言った。自分の幸福に自信があった。本当に自分は下駄が好きだ。彦七の造る下駄が。そしてこれからは巳之吉の拵える下駄が。

下駄さえ自由が利いたら他は何もいらないとさえ思う。

「足許から固めたか……」

善兵衛が呟くように言ったひと言が、つまりはけいと巳之吉が所帯をもつことの了解だった。

その後で、すずが身も世もなく「畜生、畜生！」と絞り上げるような声で泣いたので、けいは宥めるのに苦労して、自分が嬉し涙にくれる機を逃してしまった。

六

鶯(うぐいす)色に「下駄清」と白く染め抜いてある短い暖簾は軒先をぐるりと覆っていた。それが爽やかな春の風に揺れていた。

店先の掃除を済ませたけいは、竹箒を片付けると実家の方に視線を投げた。得意先に品物を納めるところなのだろう。大八車が荷を積んで並んでいる。手代の政吉が人足に指図して、さらに荷はその上に重ねられた。ふと、けいの視線に気づき、政吉はひょいと頭を下げた。けいもそれに応える。二十五になったけいは黒繻子を掛けた縞物の着物に臙脂(えんじ)の麻型模様の前垂れをつけ、丸髷も板に付いた女房である。

伊豆屋の中から羽織姿の幸助が何か早口で喋りながら出て来た。手に書き付けの帳面を持っているのは荷の確認であろう。幸助はもうすぐ祝言を挙げる。同業者の娘との縁組が纏まったのだ。この頃は商売の主導権は善兵衛よりも幸助が握っているように見える。陽に灼けたその顔は、まさしく暖簾を守る商人だった。

「幸助、お早う」

けいは弟に声を掛けた。

「ああ、姉さん、お早うございます。よいお天気ですね。わたしはこれから浅草行きですよ」

「ご精が出ること。お前、足許は大丈夫かえ?」

「はい。革の鼻緒は馴染むといいものですね。重宝しております」

「わざと見せびらかすんじゃないよ。そういうのは下衆(げす)のやることだよ」

「わかっていますよ」

幸助は苦笑してそのまま書き付けに眼を落とした。けいはそんな弟を頼もし気に見つめてから自分の店の中に入った。

彦七はいつものように自分の居場所に座っている。中風を患ってから、こなせる仕事はめっきり少なくなった。代わりに巳之吉の手が動く。今も長い指が器用に動いて麻裏草履の鼻緒を締めているところだった。けいは、それをしばらく眺めた。

善兵衛は下駄清に嫁に行ったけいに、面倒は見ないと言ったが、それでも得意先や同業者の寄合では、それとなく下駄清のことを宣伝してくれていた。お蔭で以前よりも注文が増えている。一度下駄清の履物を試してくれた客は必ず次も注文してくれた。巳之吉が彦七の教えを守って手を抜かない仕事をするからだ。それが何よりけいは嬉しい。

すずも最初は巳之吉にはろくに口も利かなかったが、この頃は態度が柔らかくなっている。

ちょっと用事ができればおけい、おけいと気軽に声を掛けられるのを、ひどく便利で安心できるように思っているらしい。何しろけいは実の娘だ。余計な気遣いはいらない。

「おけいちゃん、胡麻はどこにしまったかねえ。おむすびをこさえるのに困っているよう」

巳之吉の仕事ぶりに見惚(みと)れる暇もなく、およしの声が台所から響いた。

「おっ姑(か)さんたら、この間、自分で戸棚の引き出しに仕舞ったくせに」

苦笑して呟いたけいに巳之吉は顔を上げて笑った。

「婆ァ二人におけい、おけいと当てにされてお前ェも大変だ」

「婆ァなんて言ったら二人とも眼をつり上げて怒るよ。どっちも勝ち気だから」

「違げェねェ……」

近所の付き合いを別にすれば下駄清は伊豆屋のような店からは相手にもされない小店だということを、けいは嫁いで実感した。

善兵衛の言っていたように伊豆屋の奉公人は面と向かって無礼はないものの、どこか態度はよそよそしい。けいは実家の出入りにも裏口を使った。

いつか店の間口を拡げ、深川どころか江戸でも指折りの履物屋にしてみせる、とけいが密かに思うのは深川っ子の意気地と張りだ。

繁昌している呉服屋に嫁いだ妹のさちが芝居見物だ、やれ花見だ月見だと浮かれていても、けいは「よかったね、楽しみなこと」と素直に言えた。自分の嫁いだ所が物見遊山できる余裕のないことは初めからわかっていた。

わかっていたから嫉妬も起こらない。

佐賀町のお蔵で一番大きいものは干鰯問屋「魚干」の蔵だが、次に数えられるのは伊豆屋だった。

伊豆屋のお蔵の隣りにはもう一棟、お蔵が建てられるだけの空き地があった。それも伊豆屋の地所である。

いつか善兵衛からその地所を譲って貰い、井桁の屋号の入った下駄清のお蔵を建てることがけいの夢だ。

下駄と巳之吉を手に入れたけいは、夢は叶うものだということを知っている。

ただ、巳之吉と所帯を持って、翌年に生まれた長男の辰吉に寝小便の癖があるのは、どうにも仕方のないことだったが。

宝の山

梶よう子

梶よう子（かじ・ようこ）
東京都生まれ。二〇〇五年に「い草の花」で九州さが大衆文学賞、〇八年に「一朝の夢」で松本清張賞、一六年に『ヨイ豊』で歴史時代作家クラブ賞作品賞を受賞。著書に『立身いたしたく候』『ことり屋おけい探鳥双紙』『葵の月』『北斎まんだら』『菊花の仇討ち』『吾妻おもかげ』『広重ぶるう』『空を駆ける』『我、鉄路を拓かん』、「みとや・お瑛仕入帖」「御薬園同心水上草介」「とむらい屋颯太」シリーズなど。

一

紙屑買いの三吉は帯に棒秤を差し、天秤棒に方形の御膳籠をぶら提げ、

「屑ぅい、お払ぁい」

声を張り上げながら、八丁堀をゆっくり歩いていた。

紙屑買いは、武家屋敷や寺社、商家などを巡り、反故や古帳などの紙以外にも、古金物、古着などを買い取る商いだ。買い取った物はそれらを売り物にしたり、再生したりする商売人たちへと転売する。

三吉は金物や古着も扱ったが、一番多く引き取るのは古紙だ。

古紙は紙漉き職人によって漉き直しされる。こうした紙を漉き返しといって、古く江戸では浅草に紙漉き職人が多くいたため、浅草紙と呼ばれていた。

近年では、紙漉き職人が千住などに移り住み、浅草ではめっきり紙漉きは見られな

くなった。山谷堀に架かる紙洗橋という小さな石橋の名称が往時を伝えるていどだ。

三吉は武家屋敷の塀を越して枝を伸ばす梅の木を見上げる。新たな年を迎え、小さな白い五弁花が、いまが盛りと咲いている。漂う芳香に三吉は鼻をすんすんさせて、笑みを浮かべた。

じつは自分の生まれ年も生まれた場所も三吉は知らない。

物心ついたときには紙屑買いをしている爺さんの許で暮らしていた。たぶん、三吉を産み落とした母親の父親であろうと思われたが、爺さんにはもう女房はなく、歳もそのとき六十を過ぎていた。

三吉が十ぐらいになったときだ。夕餉を食っている最中に突然、胸のあたりを押さえて呻き、そのまま逝ってしまった。

一緒にいたのは五年ほどであったが、爺さんは三吉に手を上げたこともなければ、声を荒らげたこともない。前歯のない口をいつも大きく開けて、がはがは笑い、酒が入ると、

「坊のおつむりが、ちぃっとばかしのんきなことが、爺は不憫でしかたねえ。けれど誰より素直で正直なのが坊のいいところだと思っているからよぉ」

節くれ立った大きな手で三吉の頭を撫でた。

三吉はいまでもその掌の温かさを覚えている。

長屋の連中はひとりぼっちになった三吉を気の毒がり、代わりばんこに面倒を見てくれた。おそらく爺さんが感じていた不憫さを長屋の者も知っていたのだろう。三吉が爺さんの後を継ぐように紙屑買いの仕事をはじめるようになったときには、長屋の誰もが心配した。

三吉は、物を覚えるにも人の倍はかかり、銭勘定も遅い。そのうえ人を疑うことをしないので、すぐだまされる。

同じ紙屑買いの者に博打で銭を倍にしてやるといわれ、その日の稼ぎをすっかり渡してしまったり、どこそこの女中がおめえにほの字だと聞かされて、祝言はいつにしたらいいかと直接訊ねに行って頬を張られたりした。

それでも三吉は怒ったり、相手を詰ったりしない。しじゅう、にこにこ笑って、

「人にはいろいろあるからなぁ」

爺さんの口癖を真似ては済ませてしまう。

長屋の連中は三吉が悪い奴らに付け込まれて、よからぬ道に巻き込まれるのじゃないかとはらはらしていたが、不思議なもので数年経つと、ワルのほうから離れていった。

あまりに三吉が無垢すぎて、面白味がないのだろうと皆で噂しあったほどだった。

おかげでいまでは爺さんから引き継いだ得意先以上に武家屋敷や商家、寺社に出入りをしていた。

なんといっても三吉は嘘をつかないし、ごまかすようなこともまずしない。側にくっついて爺さんの商いを幼い頃から見ていた三吉はそのとおり真似ているだけであったが、それだけ爺さんが客に信用される紙屑買いだったともいえる。

客の中には三吉を侮って反故をわざと水で湿らせて嵩を稼ぐずる賢い者もいた。それでも構わず三吉はその重さ分の銭をきちんと払うので、そのうち皆、いたたまれなくなって、きちんと反故を出すようになった。

諸色調掛同心を務める澤本神人の住む屋敷の前で三吉は足を止める。奉行所の与力や同心が住む八丁堀にも得意先が十数軒あったが神人の処もそのひとつだ。

五のつく日には必ず立ち寄ることになっていた。

「お払いの御用はございますかぁ」

庭先で綿入を着込み植木の手入れをしていた神人は三吉の声を聞き、門を開けた。

「よう三吉、ご苦労だな」

「とんでもねえことですよ。いつもご贔屓にありがとうございやす。旦那、本日はお休みで？」

「いや、今日は昼までで戻ったのさ。おおーい、おふくさん。三吉だ。じゃあ三吉、裏へ回ってくれ」

おふくは、男やもめの神人と妹の忘れ形見である多代とのふたり暮らしの澤本家の家事一切を取り仕切っている五十女だ。

三吉は神人の後について勝手のとば口に回ると、すでに中ほどまで紙屑の詰まった方形の籠を地面に置く。

「三吉、中へ入れよ」

「いえ、おれはこちらでお待ちしてやす」

神人は勝手口から入り、再びおふくを呼ぶ。

おふくは、あらあらすみませんねぇと前掛けで手を拭きながら姿を現した。

「いま集めてくるから待っててくれ」

神人は庭草履を脱ぎ、板の間にあがる。

「ここに庭草履を置いていくと、また大騒ぎだわ。庭の草履をどこやったたってねぇ。旦那は忘れっぽいからね」

おふくが笑いながら三和土に下り、茶を差し出すと、三吉は押し頂くようにして受け取った。

「三吉さんは、この春でいくつになったの」

「へえ、おおよそ二十五ぐらいじゃねえかと思います」

「おおよそってのがいいねぇ。あたしもおおよそ五十っていっておこうかね」

おふくはけらけら笑う。

「おおい、おふくさん。手伝ってくんねぇ。多代の手習いの反故が、おおっと」

神人が両腕に墨で真っ黒になった紙を抱えて持ってきた。

「あら旦那、そんなにあったんですか」

おふくがあわてて板の間に上がる。

多代はひと月前から近所の手習い所に通い始めた。いまは覚えたての文字を書くだけで楽しいのだろう。どこぞの書家かというふうに得意満面で紙に筆を走らせているが、ようやくいろはが書けるようになったくらいだ。

「まったく文字書き熱が少しは収まってくれねえと、襖にも書いちまいそうな勢いだな、ああ、いけねえ」

紙が一枚ふわりと浮かんで三和土に落ちた。

見れば『さわもとたよ』と自分の姓名が記されていたが、『と』の字と『よ』の字の向きが逆だった。

拾い上げた神人は思わず苦笑した。これは、とっておこうと懐へ納めた。

「あれあれ、ただ引っつかんできたのじゃ困りますよ。きちっとまとめてくださいな」

おふくは軽く眉根を寄せた。

その声が聞こえたのか三吉は勝手口から顔を覗かせ、

「いいですよぉ。おれが揃えますからぁ」

のんきにいう。

「三吉、面倒だ。やっぱり庭へ回ってくれ」

へーいと、三吉は湯呑み茶碗をおふくに手渡すと、すぐさま天秤棒を担いだ。

二

神人が縁側に反故をまとめて置くと、三吉は棒秤を取り出し、重さを量る。

神人はぱんと着流しの裾を払って胡坐を組んだ。

「どうだい三吉、繁盛しているかい」

「えへへ、おかげさまで。八丁堀の旦那衆はしわいですけど、皆さん、よくしてくれます」

三吉は懸命に眼をすがめ分銅の位置を変えながら目盛りを読んでいる。

「はっはっは、しわいは余計だよ」

おふくが神人に茶を運んできた。

「おお、すまねえな」

「旦那、古着も少しばかりありましたかねぇ」

「あれはもうだめだ」

神人は茶をすすりながら肩をすくめた。

「多代が、みんなくまにやっちまった」

神人が視線を落とすと、縁側の下から古着にくるまっていたくまがひょっこり顔を出した。

「あらまぁ、ほんとだよ」

身を乗り出して縁側の下を覗いたおふくが眼を丸くした。

若い職人たちに追い回されていたところを神人が連れ帰った子犬だ。茶色の毛と、ころころ太っていたところから、多代がくまと名づけたのだが、意気地がなくて人懐こい。強い風が吹くと身体(からだ)を震わせ、寒い夜など神人の夜具にもそもそ忍び入ってぃぎたなく寝ている。湯たんぽ代わりになっても、番犬にはとてもなれそうにない。どうせ犬を飼うなら強くて勇ましいほうがいいと考えてしまうが、それも、なるようにしかならないものだと諦めた。

「さて、そろそろ多代が戻る時分かな」

神人は焦れるふうに両膝を打った。

「三吉、飯がまだなら、うちで弁当つかっていって構わねえよ。味噌汁ぐらいは出せるぜ」

「へえ、ありがとう存じます」

三吉はなんともいえない笑顔を向けた。裏表のない三吉の素直さがそのまま表れたような顔だ。神人は己のことはさておいて、三吉を理解してくれる女子が現れてくれたらいいと心の底から思っている。

縁側の下からくまが出てきて、三吉を見上げると「わん」と吠えた。

「おいおい、くまや、どうした。腹が減っているのか。どれ、ちょっと待ちなよ。こらこらじゃれつくんじゃないよぉ」

三吉は自分で握ったのか、不恰好な握り飯を取り出し、ふたつに割ってくまに与える。

くまがうれしそうにかぶりつく。

「嫌だよ、くま。三吉さんのお昼をとっちまって。意地汚いねぇ」

「なあ三吉。おめえもいい歳だ。かみさんがいたらいいと思っているだろう」

神人の言葉に三吉はくまの頭を撫でながらいった。

「からかうのはなしだよ、旦那。おれの処へ嫁に来てくれる女なんざいねえよ」

そうかなぁと、神人は剃り残した髭を指で引き抜いた。

「真面目だし、商売熱心だ」

「おれは莫迦でぼんやりだからさ。それでおっ母さんも見切りをつけておれを捨てたんだもんな」

「そんなこと誰がいったんだ」

「誰もいわないさ。けどおれ、わかるよ、死んだ爺ちゃんも長屋のみんなもおれに優しかった。いまも優しい」

でも眼つきでわかるんだと、三吉はいった。

神人は三吉を見つめる。

「どーれ、よしよし。前より重くなったなぁ」

くまを抱き上げた三吉はその鼻先に自分の鼻をこすりつけた。

「眼が気の毒がっているのがわかるんだ」

神人はわずかに首を振って唇を歪めた。

「でもくまは違うよ、旦那。紙屑買いの三吉だってちゃんとおれのことわかってるからな。唸ったり、睨んだりしねえ。ああ、そうか。くまが賢いんだな」

三吉はくまへ笑いかける。

神人の後ろでおふくがぐすっと洟を啜り上げ、座敷を出ていった。

「おれのことより、神人の旦那こそ嫁さんもらわなきゃいけねえよ。多代さまだっておっ母さんがいないとおさびしい」

神人は肩を揺らした。

「そうだな。とんだやぶ蛇だ。ならどっちの嫁取りが早いか競ってみるか」

「それは無理だよ、旦那。だっておれには嫁取りより、叶えたい夢があるんだ」

神人は眼をしばたたいた。

「ほう……そいつは初耳だ。聞かせてくれ」

くまをそっと地面におろし、えへへと三吉は照れた。

「どうしようかなぁ。誰にもいったことがないんだ。でも神人の旦那ならいってもいいかなぁ」

「なんだ、もったいぶらずにいってみろ」

うーんと三吉は考え込んだが、すぐに首を横に振った。

「やっぱり駄目だ。いったら笑われるに決まってるよぉ」

「笑うものか」

「いやいや、叶うまではここんとこに」

三吉は胸のあたりをどんと叩いて、しまっとくつもりですと、見得を切るようにいった。

「じゃあ、その日がくるまで楽しみにしているぜ」

へい、と三吉は嬉しそうに笑った。

「ただいま戻りました、伯父上。あら三吉さんご苦労さまです」

手習いを終え帰宅した多代は居間に入るなりかしこまって頭を下げた。

「ああ、多代さま。紙屑屋風情に頭なんぞ下げちゃいけませんよぉ」

三吉があわてて手を振ると、多代は不思議そうな顔つきをした。

「だって三吉さんは我が家の反故を買い上げてくださっているのでしょう」

「まあ、それはそうですけど……へへ、でも商いでやってることですからねぇ」

三吉の足下にいたくまが多代を見上げ、甘え声を出して懸命に尻尾を振る。

「おいで、くま」

多代が縁側から手を伸ばすと、くまははっはっと荒い息を吐きながら嬉しそうに飛びついた。きゃあくすぐったいと、多代はくまを抱えて転がる。

三吉は眼を細め、その様子をにこにこしながら見つめる。

「多代。くまとじゃれるのはあとだ。おまえの戻りを待っていたんだ。さっさと昼餉を済ませてくれよ」

多代は不服そうに口先を尖らせたが、すぐに気づいて、はいと応えた。

今日は神人の妹で多代の母である初津の命日だった。澤本家の菩提寺は南本所にある報恩寺だ。船で大川から竪川を上り、竪川と交差する横川へと入り北へ行く。まだ川風が冷たいが、幼い多代を歩かせるよりずっといい。

先年、初津の七回忌の法要を終え、ひと区切りついたような気がしているが、いまも毎月の墓参りをかかしたことはない。

多代はくまを抱いたまま勝手へ向かった。

「座敷に上げるならくまの足裏をちゃんと拭けよ」

神人が怒鳴ると、多代の返事が奥から聞こえてきた。ふうと息を吐き、神人は再び三吉へと顔を向けた。

「そういやぁ、おめえ南本所まで回っているそうだな」

「お大名家の下屋敷とかぁ、お寺さんもありますよ」

「ずいぶん手広く回っているが、同業から文句は出ねえのか」

「みんなにちゃんと断りを入れてますよぉ。お武家や大店、お寺社で使う紙は上質のものが多いからね、山谷にいる紙漉き職人に高く買い取ってもらえるし。おれ、稼がないといけねえ。まだ銭が足りないからさ」

「ほう、もうどのくらい貯まったんだい」

神人が身を乗り出すと、三吉はあたりをはばかるように指を二本そっと立てた。

「ふうん二両、か」

三吉は少し怒ったふうに首を振る。

「おお……二十か。そいつはすげえな」

神人は声をひそめていった。

「その銭は夢のためかい？」

三吉は誤魔化すふうに歯を見せただけだ。

「それは内緒か。なかなか口が堅ぇな」

軽く舌打ちをして立ち上がりかけた神人はひくひく鼻をうごめかせた。

「味噌汁がそろそろ温まったみたいだな」

「ありがとう存じます。じゃあ残りをすぐ量っちまいます」

三吉は張り切って反故をまとめ始めた。

三

神人は同心詰所でひとり、巡った町名と店名をまとめて書き上げていた。他の同心は忙しいのか皆、出払っている。

これまで定町廻り（じょうまちまわ）と隠密（おんみつ）廻りを務め、江戸の町を休みなく走り廻っていたが、同じく町を巡る勤めでも諸色調掛同心は、いたってのんきなものだった。

べつにお役でしくじりを犯したわけではない。彫りが深く目鼻立ちがはっきりとしている神人を見た奉行の鍋島直孝（なべしまなおたか）が隠密にしては顔が濃いといったそのひと言でお役替えになったのだ。

神人はため息を洩（も）らした。

ここ数日、書き上げを怠っていたせいだ。いちばん大きな出来事は五日前の酒の水増し事件だった。

ある居酒屋で出されている酒があまりに薄いという苦情が寄せられ赴いたところ、

店主の女房が夜な夜な酒樽に水を注ぎ入れていたことが知れた。

江戸ではもともと生一本の酒を出すことのほうが珍しい。水増しするのはあたりまえで、「みんなやってることだ」と女房も開き直っていた。

しかしさすがに八割がた水というのは悪質だとして主夫婦は奉行所に呼び出され、与力から厳しい訓諭を受けた。

串団子の数を四つから三つに減らしたのに値を上げたとか、引き札のうたい文句に嘘があったとか、春からケチ臭い話ばかりだった。

ひとつ大きかったのは、呉服屋の手代が大晦日の掛集めに出掛けたまま、行方知れずになったことだ。

大店になると、江戸以外にも顧客がいる。豪農やその地域を廻る行商人だ。こうした地方の顧客の掛集めは盆前の文月と師走の二回。

師走の末、武州岩槻へと向かった手代とその供についた下男が、正月も明け、藪入りが過ぎても戻らない。やれふたりともに旅先で病を得たか、怪我でもしたかと呉服屋では大騒ぎになった。

神人もよく立ち寄る呉服屋で、その手代の顔もよく見知っていた。真面目で実直な男だ。

ところが、その手代と下男をひょんなところで見かけた。

浅草神社だ。わけを聞けば、なんとも健気なものだった。岩槻へ一旦行ったものの、一軒だけどうしても支払いを拒む客があった。かなりの大口だったため、このままでは店に帰れないと、困りに困って占いに頼ったところ、大川近辺、谷中、下谷、浅草などの七福神巡りをして、恵比寿に願掛けをするといいと告げられた。恵比寿は商売繁盛の神。商家では毎年神無月に恵比寿神を祀り、米俵を積み、お供えをして商いの繁盛を願う恵比寿講があるほど信仰されている。手代と下男は占い通りに七福神巡りをして、日にちが経ってしまったのだという。

これもそれもお店のためにしたことだと、神人が呉服屋の主に取りなし事なきを得た。

掛集めも大変だと、ひとりごちながら書き並べつつも、神人の思いはべつのところにあった。

一昨日、多代とともに報恩寺へ赴いた際、澤本家の墓前にまだ挿したばかりの花と線香が手向けられていたのだ。

初津の命日を知る者はさほど多くはない。親戚も祥月命日ならばともかく月の命日までわざわざ出向いて来るとは思えなかった。

むろん離縁した嫁ぎ先に初津が身罷ったことは報せていない。多代という忘れ形見がいることもだ。もっともどこかで耳にしているだろうと神人は思っている。だとすれば、悔やみのひとつ、線香一本でもいい、あるいは多代にひと目でも会いたいと、屋敷に赴いて来てもいいはずだ。

それすらないということは、澤本家とは完全に縁を切ったということだろう。

だったら一体誰がと、神人は香煙をあげる線香を眺めた。燃え尽きるまでおよそ四半刻（三十分）はかかる。いまだ燃えきっていないということは、ここを立ち去ってからさほどのときは経っていないということだ。多代に墓掃除を頼み、すぐさま、寺の坊主や門前の花売り女に訊ね回ってみたが、当然のことながら寺を訪れる者は町人もいれば武家もいて、誰がどこの墓へ参ったものか見当もつかない。

そのうえどこぞの大身旗本の代参もあり、いつもより境内に落ち着きがなかった。ただ、ひとり銀杏の木の下で佇んでいた若い坊主が、墓石を丹念に確かめながら行ったり来たりしている中年の武家を見かけたといった。だとしてもその武家が澤本家の墓を探していたのかはわからない。

考えても無駄だ。初津の友人がふらりと訪ねて来てくれたのやもしれぬし、数年をて筆を置いた。

経ても我が妹を偲んでくれる者がいたことに感謝すればいいと、神人は生あくびをし
しかし……これまで見たことのない顔の坊主だったといまさらながら神人は思った。

じつは声をかけた神人は坊主が振り向いた瞬間、眼を疑った。長く真っ直ぐ伸びた眉に、切れ長の眼。浅黒く引き締まった顔には精悍さがあった。頭の剃り加減を見ても、まだ髪を落として間もないふうだ。なにより気になったのは手だ。竹刀だこが見えた。元は武家だったのだろう。

と、定町廻りがふたり、ぼやきながら戻って来た。一方は若く、もう片方はかつて神人とともに市中を巡っていた和泉与四郎だ。若いほうが舌打ちしていった。

「あの紙屑買い、ちっとも口を割らねえ。てめえが襲われたってのに、なぜ相手をかばっているんでしょうかね、和泉さん」

和泉は薄い唇を曲げて己の頭を指で突いた。

「しかたねえさ。ちいっとばかりぼんやり者だからなぁ」

「たとえば顔見知りということも」と、若い同心がいったとき、神人は腰を上げた。

定町廻りのふたりが振り返る。

「おう澤本か。なんだそこにいたのか」

和泉がちらりと視線を向けた。

「その紙屑買いってのは三吉か？」

空とぼけた態度で和泉は湯呑みをとると火鉢に載った鉄瓶から湯を注いだ。

神人は文机から離れ、和泉の前に立った。

「ああ？ 三吉かと訊ねている。襲われたと聞こえたが、どうしたんだ」

「お役がどうのという話じゃねえ。三吉ならどうだというのだ。諸色調掛にはかかわりのないことだ」

「三吉とは顔見知りだ。知った奴が襲われたとあっちゃ穏やかじゃねえ。それにおとついウチに来たばかりなんだよ」

和泉は、ほうとわざとらしく頷くと、湯呑みを置いた。

「ならば訪ねて来たとき、三吉の様子に変わったことはなかったか？ あるいは誰かに恨まれているだとか、悪い仲間が寄って来たとか。そんな話をしていないか？」

神人をじっと見据えた。

「いや、いつもと同じだ。なにも変わったところはなかった。それにあいつは人に恨みを買うような奴じゃねえ」

神人が応えると、和泉は大袈裟に肩を落とした。眦の上がった眼で、神人を窺い見る。

「変わったなぁ、澤本。昔のお前は、恨みってのは本人が知らねえうちに買うこともあるってよくいってたじゃねえか。諸色調べなんぞやっているうちに甘くなったか。そういや眼もずいぶん優しくなったな」

　神人は応えに窮し、ぐっと顎を引いた。

「ま、いずれにせよこの一件はすでに落着だ」

「どういうことだ」

　本人が黙りこくってなにひとつ話してくれねえのだからこれは仕舞いだよと、和泉はのんきに伸びをした。

「おまえは職人や商人の世話も焼くのだろう？　それほど気になるなら様子を見に行ってやればいい。定町廻りはそれほど暇ではないのでね」

　和泉は鼻を鳴らし、口角を上げた。

　神人は彫りの深い目許(めもと)をわずかに強張(こわば)らせ、踵(きびす)を返したが、

「ところで、金治(きんじ)は元気にしてるか？」

　背を向けたまま問うた。

　金治はかつて神人の小者(こもの)だった男だ。諸色調掛を拝命したとき、和泉に預けた。

「ああ、勘もいいし、なにより動くのに億劫(おっくう)がらねえ。重宝してるよ」

和泉はそのときだけ素直に応じた。

「そうか。大事にしてやってくれよ」

神人はそれだけいうと、再び文机の前に腰を下ろし、筆を握った。

八ツ（午後二時）に奉行所を出た神人は浅草へと向かった。今日は浅草寺（せんそうじ）門前あたりを流し、そこから足を延ばして待乳山聖天宮（まっちやましょうでんぐう）周辺を歩くつもりだった。

庄太（しょうた）とは浅草寺門前の茶店で待ち合わせている。そこで喰（く）わせてくれるおこしがいま己の流行（はや）りなんだと抜かしていた。

落ち合う場所はほとんど食べ物屋だ。なにか腹に入れておかないと、見廻（みまわ）りの最中だろうがなんだろうが腹が減ったとたんに、庄太の機嫌が悪くなるせいだ。

諸色調掛となってからは庄太を連れて歩くようになった。

神人がかつて面倒を見ていた金治は、幼い頃ふた親に捨てられ、祖母に育てられたが、少しばかりいきがって、貧乏人から銭をむしり取る高利貸しを殴った咎（とが）で神人が捕らえた男だった。

人を困らせる奴が大嫌いだと堂々といいのけたことが気に入って神人は手許に引き取って小者とした。

しかし諸色調べでは、鼻っ柱の強い金治のよさが活かせないと、和泉に預けたのだ。三吉のことが妙に気にかかるのは、たぶん金治と生い立ちが似ているせいもある。むろん性質も風貌も異なるが、その日その日をわき目も振らず真っ直ぐ生きる懸命さがふたりにはあると思っていた。

やつらに比べておれはどうだと、神人は蔵前通りを進みながらぼやいた。

人の世なんぞ人の運命なんぞなるようにしかならねえと思う神人ではある。それは自棄でも冷めているのでもなく楽観に近い。物事が動き始めたら、じたばたしたところで仕方がないと思うからだ。

だが、妹の初津は身ごもったことを知らぬまま離縁され、多代を産み落として死んだ。

己は多代を育てるうちに妻を娶ることも忘れ、いまは諸色調掛だ。それを恨んではいないが、どこかでべつの道も選べたのではないかと考えることもあった。

初津が離縁されたとき、なぜ嫁ぎ先に乗り込まなかったのか……そうすれば初津も生きていたかもしれない……多代は母を失わずに済んだかもしれない。隠密同心を解かれたとき、奉行に談判することもできた。

なにか行動に移したとき、どこかでべつの作用を起こすことだってなくはない。

金治を小者としたこともそうだ。あいつはどう思っているのだろう。自堕落な暮らしをしているわけではないが、懸命に生きているかと問われれば、顔を伏せてしまうような気がした。

ふっと神人は心のうちで己を嗤った。

「甘くなったか」

そういった和泉の言葉のせいだ。

和泉は悪い奴ではないが、ともに定町廻りを務めていたときから、皮肉屋でちょっとひねた性質だった。しかし、探索にかけては鋭い勘を働かせる。悪党には厳しいが、情に厚い部分も持っている男だった。金治をまかせたのも和泉のそうしたところが好ましく思えていたからだ。

「やめだやめだ、辛気くせえ」

神人が思わず声を上げると、すれ違いざま棒手振りが驚き顔で足を止めた。

「なんでもねえ、独り言だよ」

神人は白い歯を見せた。

荷を山と積んだ大八車が砂塵を巻き上げ神人の横を通り過ぎる。売り声を上げて、魚屋が通る。

右手には白壁の幕府の御米蔵が並び建つ。

左手には飯屋、菓子屋、絵双紙屋、呉服屋、瀬戸物屋などの店が軒を連ねる。

江戸の町には物が溢(あふ)れ、人が溢れている。

町を繁栄させるのは物が動き、銭が動くことだ。

財布のひもを締めてばかりいたら、江戸の町はしゅんとなってしまう。

物と人がうまく動いて回るように見張っているのが諸色調掛だ。おれだってそうそう暇なわけじゃない。

神人は足を早めた。

四

茶店の床机(しょうぎ)にすでに庄太は腰掛けていた。

神人の姿をみとめると、

「旦那。お先にいただいてます」

庄太はおこしをうまそうに頬張りながらいった。

「このざくざくした歯ごたえがたまりませんよ。固(かて)えからこそ嚙(か)むほどに甘さが口に広がって。歯も丈夫になりそうですよ。旦那もおひとついかがです。駆けつけひとかじりだ」

　庄太がおこしを差し出してきた。

「なんだよそりゃあ」

　薄く笑って庄太の隣に腰を下ろし、ざくりと一口かじる。蒸したうるち米を乾燥させ、水飴（みずあめ）、砂糖で固めただけの菓子だ。神人はあまり酒が強いほうではない。飲めばかならず二日酔いだ。庄太が酒飲みでなかったことに感謝しているが、甘い物を付き合わされるのもそれはそれできつくはある。

「早速ですが、勘兵衛（かんべえ）さんから伝言があります」

　勘兵衛は、横山町に屋敷を構える名主、丸屋の主人だ。町年寄を筆頭に名主などの町役人は町奉行所と連携して町政を担っている。庄太は元々丸屋の奉公人だったが、今は神人が借り受けているのだ。

　勘兵衛さんか、と神人はわずかに口許を歪めた。

「これから聖天宮のあたりを見廻るつもりだぜ。勘兵衛さんの頼まれ事でも今日は勘弁してほしいな」

　大丈夫ですよぉと、庄太がいった。

「今日はこっちのほうを廻るといったら、じゃあ丁度いいってなったんです。先日、両国(りょうごく)の料理屋で騒ぎを起こした男がいたんですよ。そいつをあたってくれないかって」

「そういう話は定町廻りだろう」

神人は、運ばれてきた茶をすする。

「いやいや、おれの女になれと、芸者に無理やりせまったようで。それが紙漉き職人の伝蔵(でんぞう)って男でして」

伝蔵は待乳山聖天宮からさらに千住方面へ向かう途中の山谷町に住んでいる四十を過ぎたばかりの男で、漉き返しの浅草紙を漉いていると庄太がいった。

浅草紙職人は、紙屑屋から反故を買い取り、漉き直した紙を紙屋に納めている。紙はもともと楮(こうぞ)や三椏(みつまた)などの植物の繊維がからんでできたものなので、煮込んで繊維をほぐして漉き直すことが可能だった。

もちろん質は格段に落ち、色も灰がかったものになる。墨文字が判別できるほど残っていることさえあった。

それでも落とし紙には十分で、子どもの手習い帳や安価な書物などにも用いられていた。

神人は残りのおこしを口にほうり込み、かみ砕く。甘味がじわりと広がった。

反故なので墨は仕方がないが、帳面などの間に入り込んだ埃や塵、髪の毛などを丁寧に取り去ってから、大釜で煮込み、どろどろの液体を作る。漂白のため石灰や米粉などを混ぜ、さらに石臼で挽いてなめらかにして、ようやく紙料となる。そのあとは通常の生漉き紙と同じように簀桁で漉き、重石を載せて水を抜き、板に貼って乾燥させる。

「浅草紙はたいてい厠の落とし紙なんで、紙屋でまとめて買ってもせいぜい四文、ちょいと質のいいものでも六文。手間の割に紙漉き職人もたいした儲けにはなりません」

「だよなぁ」

「ところがですね、その芸者の話によると、伝蔵の胴巻きにたんまり銭がはいっていたそうで。いい稼ぎ仕事があるからと威張ってたらしいです」

「ほう」

ということは、博打などの一時しのぎではないということだ。

「しかも伝蔵の漉き場には奉公人が幾人もいるっていうんですよ。十五を頭に子どもばかりが多いときには七人ほど」

それだけ奉公人がいても、伝蔵という職人はここふた月ほど妙に金回りがいいという評判だった。

「なんてったって吉原も近いですからね。馴染みもいるって話です。ああ、そうだ。その昔、まだ紙漉きが浅草界隈に多かったころのことです」

なにを話し始めるのかと、神人は訝しげな顔で庄太を見る。

「大釜で煮込んだ紙料が冷えるのを待つ間、紙漉き職人たちが暇つぶしに吉原へ行ってたそうです」

紙漉き職人たちは登楼せず見物だけで帰るのが常で、

「冷やかす間だけだったので、買う気もないのに店を見て回ったりすることを、冷やかしっていうんですよ」

庄太はそういってちょっと自慢げに顎を突き出した。

「ふうん」と、興味なさげに神人は顎を撫でた。

「ま、その紙漉き職人の伝蔵か？　急に金回りがよくなる奴は、悪事を働いたか、運がいいかのどっちかだな」

庄太が眼を真ん丸くした。小太りの庄太がさらにたぬきに見えた。

「旦那、大胆にいい切りましたねぇ。たしかに近ごろ仕事もいい加減だそうです」

納期をまったく守らなくなったことを紙屋の主が責めると、伝蔵は開き直り、

「気が向いたらな」

素知らぬ顔でいい放ったという。

「料理屋も紙屋も、両国ですからね。揉め事を起こされても困るからって勘兵衛さんがべつの手代に当たらせたわけですよ。で、漉き場を覗いたら、伝蔵は案の定留守でした。子どもらが懸命に仕事をしてたらしいんですけど、ろくに紙漉きなんざできやしません」

なのに、伝蔵は羽振りがいい。

「尻拭き紙を漉くより割のいい仕事が見つかったんだろう。山谷町の紙漉き職人……か」

神人はおこしを口にほうりこんで噛み砕きながら沈思したが、すぐに「三吉、だ」と呟いた。

「三吉さんがどうかしましたか」

庄太が茶を飲みつついった。庄太も神人の屋敷で三吉とは何度か顔を合わせたことがある。

「しかとわからねえが、たしか反故を引き取ってくれる紙漉きが山谷にいるといっていたな。紙漉き職人は昔ほどはいねえ。三吉ならその男を知っているかもな」

神人たちの前を着飾った娘たちが三人、なにがおかしいのか身をよじって笑いながら通り過ぎていった。庄太がてれりと目尻を下げる。

神人は舌打ちして声をひそめ、三吉が何者かに襲われたことを告げた。

「えっお奉行所ではもう探索しないってんですか？　そりゃひどい」

庄太は下がった目尻を吊り上げる。

「三吉がなにも話さないっていうのだから仕方がない。たしか三吉のねぐらは山川町だった。様子を見に行ってやろうと思っていたんだが」

「旦那はどう思います？　なにもしゃべらないってのは……」

庄太が心配げに眉をひそめた。

「顔見知りということも、と定町廻りがいっていた」

それが紙漉きの伝蔵だということは十分あり得る。ふたりの間で、なにがしかの諍いがあったかもしれない。三吉にしてみれば、伝蔵は屑紙を買い取ってくれる相手だ。怪我をさせられても、先を考えれば文句はいえない。

神人は顔を強張らせた。

庄太が茶店の娘を手招いた。

「おめえ、まだ喰うのか。もう行くぞ。日が暮れちまう」

神人が立ち上がると、

「三吉さんへの見舞いですよぉ、嫌だなぁ」

口先を尖らせて庄太はいった。

五

富貴を与え、夫婦和合、子授け、縁結びなどにご利益があるという歓喜天を祀る本龍院待乳山聖天宮は聖天さまと親しまれ、大川河畔の小高い待乳山（真土山）の上にある。

山といっても高さは五間（九メートル）ほどだ。丘というほうがふさわしいが、権現造りの本堂まで石段を登りきると眺望が開ける。

眼下には町屋が広がり、芝居小屋の建ち並ぶ猿若町、浅草寺の本堂の屋根や五重塔、そして遠く品川の海まで望むことができた。参詣はもちろん東都の景勝地としても賑わっている。

神人と庄太は浅草界隈の見廻りを止め、足早に歩いていた。

三吉の住む山川町は待乳山の北、山谷堀に沿った小さな町だ。それでも山谷堀を使う吉原通いの客が立ち寄り、船宿も建ち並ぶ賑やかさがあった。

長屋は待乳山側に近い小間物屋の持ち物で、入り組んだ路地を入った奥にある土間と板の間の四畳半という九尺二間のねぐらだ。

粗末な長屋の木戸に「三きち」の名があった。狭い路地を挟んで六軒ずつ並んでいた。

井戸端でおしゃべりをしていた長屋の女房連中が、神人と庄太の姿をみとめると、

「八丁堀なんぞ役に立たない」

「威張りくさっているだけで」

聞こえよがしにいいながら、咎めるふうな厳しい視線を放ってきた。

「あの、三吉さんのお住まいは」

庄太が訊ねると年増の女房が腕を組み、

「見りゃアわかるだろう。お住まいなんてしゃれたもんじゃないさ。一番奥の厠の隣さ。でもいまは出掛けちまっていないねぇ」

剣突な物言いをした。

背を向けていた神人はくるりと踵を返して、女房たちに近づき、

「おれは諸色調掛の者だ。三吉の商いにはいつも感心している。役所で耳にしたんだが、三吉が襲われたっていうじゃねえか」

穏やかな口調でいった。

「あら、今朝の旦那とは大違いだよ」

けっこうな男前だねぇと、年増が若い女房を肘でこづいた。他の者もひそひそ神人を上目で窺(うかが)いながら話をしている。

「その、しょしきしらべってのは定町廻りの旦那より優しいのかい？」

態度をころりと変えた年増の女房がこびるようにいった。

神人はにこりと笑った。

捕り物はしない。縄もかけない。商売人があこぎな商いをしないよう見張っているが、正直に商売をしている者を誉めることもあるとまず告げた。

「それに三吉はおれの屋敷にも出入りをしているからな、心配で立ち寄ってみたんだが、怪我の具合はどうだ。どこへ行ったか知らねえか。庄太」

庄太が「これ、三吉さんへの見舞いに」と、おこしを差し出す。

女房たちは神人たちをしげしげ見つめ、皆で示し合わせるように頷きあうと、

「聖天さまへお参りに行くっていったきりなのさ。怪我はね、たいしたことなかったんだけど、家が荒らされちまってさ。盗るもんなんかありもしないのにね。そんなことの後だからあたしたちもこんなときまでって止めたんだけど」

年増が眉をひそめた。女房たちの様子から、三吉は皆に好かれているのが知れた。

「なら行き違いになっちまったなぁ。三吉は聖天宮へはよく行くのかえ」

「なんでも願掛けしてるそうだよ」

若い女房がいう。

願掛け……三吉が抱いている夢のためか。

「歓喜天は商売繁盛の神さまでもありますからねぇ。独り者の三吉さんが夫婦和合も子授けもないでしょうし」

庄太が訳知り顔でいった。

「ねぐらを見せてもらっても構わねえかな」

年増の女房は他の者と顔を見合わせ、目配（めくば）せした。どうやらこの年増が長屋の主（ぬし）のようなものらしい。

「いいよ。紙屑と古着とでいっぱいだろうけどね、こっちだよ」

腰高障子を開けると、女房のいうとおり、古紙と古着とが乱雑に積まれ、崩れ、狭いねぐらいっぱいに広がっていた。

「うわぁ、汚え」

庄太が叫んで顔を思い切りしかめた。

神人は土間の端に視線を向け、いった。

「これはひどく荒らされたものだな。普段の三吉はおそらくこっちだ」

吊り棚には物がきちんと整理されて置かれている。買い上げた金物だろう、木箱の中に大中小と品物をきちんと揃えて入れてあった。

「そうだよ、旦那。ごみとか屑とかいうけれど、三吉さんは買い上げたものはまた違う誰かが使う物になる、べつな物に生まれ変わるのだから大事にするんだって。おれはその手助けをしてるからって」

女房は後ろから尖った声を出した。

「この世にいらねえモンなんて生まれてこない。これは宝の山だってよくいってるよ」

「なるほど、宝の山か」

右から左へ視線を移せばすべてが見渡せる狭いねぐらだが、三吉はここでささやかながらも夢を描いて商いに励んでいた。ごみや屑が生まれ変わっていくさまを思い、それを親に捨てられた己と重ね合わせているのだろうか。

「それにしてもすごい量だ。これじゃ座るところもないからちょいと整えます」

庄太は図々しく上がり込むと紙をまとめ始めた。

神人は手前に落ちていた反故に眼を向けた。報恩寺の文字がちらりと見えた。紙を引き抜くと、武家や町人から喜捨された物品、金高などが記されていたようだ。だが、書き損じたものか、黒く塗りつぶされていた。

反故の山の中へ入り込んでいた庄太が、

「こいつはすごいや。ああ、三行半(みくだりはん)までありますよ。こっちの帳面には、ひゃあ」

いきなり頓狂な声を上げた。

「これ自分で描いたんですかねぇ、下手くそだなぁ、うぷぷ」

庄太が口を片方の手で押さえながら帳面を開いて神人にかざす。男と女が絡み合う画だ。たしかに画力はなさそうだ。

「こんなものを誰かに見られたら大騒ぎですよ。おれだったら脅して、飯をおごらせます」

庄太の言葉に神人は眼を見開いた。

三吉の言葉が不意に甦(よみがえ)ってきた。

「お武家や大店、お寺社で使う紙は上質のものが多いからね、山谷にいる紙漉き職人に高く買い取ってもらえるし」

紙の質じゃない。伝蔵は反故の中身が知りたかったのでないか。

神人はいきなり踵を返した。

「あれ、旦那、どこ行くんです？」

「飯をおごらせるくらいならかわいげもあるが、本気で脅しにかかったらどうだ？」

「え？　まさか三吉さんがそんなこと」

　庄太が眼をぱちくりさせた。

「三吉じゃねえ。このふた月ばかり妙に羽振りがいいっていってた、伝蔵だ」

　庄太の顔が強張る。

「伝蔵は三吉から買い上げた反故の中から脅しの種を見つけたに違いねえ」

　当人は捨てたと安心していても、他人にほじくり返されれば困惑もするし、都合が悪いものならばあわてることもある。

　なにを見つけたかは知らないが、伝蔵はそこに眼をつけたのだ。だから武家や商家、寺社の反故を欲しがった。伝蔵にとっても宝の山だったってことだ。

「あの……旦那。三吉さんがなにか悪いことにかかわってるはずないよね。あんなに正直者で真面目なんだからさ」

　腰高障子の陰から年増の女房が恐る恐るいった。

　神人は黙って首肯した。女房の険しい表情が幾分、ほっとしたふうに解ける。

「あたしね、じつは見たんですよ。でもね、三吉さんに強く口止めされて」

「三吉に？」

神人は女房の顔をじっと見据えた。

「まだ夜明け前でしたけど、厠へ行こうと思って表に出たとき」

木戸からほおかぶりをした男が長屋を窺うようにしていたのだという。男は女房に気づいてすぐに姿を消したが、朝、起きてみたら三吉の家の戸が少し開いていたので覗いてみると、中はめちゃくちゃで、しかも三吉が倒れていた。

これは大変だと差配に報せ、番屋からも人が来て騒ぎになった。

「御番所のお役人は三吉さんがまったくしゃべらないから怒って帰っちまうし、あたし怖くなったから三吉さんに見たことを話したんですよ、そしたら」

絶対に話さないでくれ、これはおれの商いのことだからと三吉にしては珍しくきつい声でいったという。

「それで、ほおかぶりした男だが」

見た瞬間、なにかが変だと思ったといいつつ女房はいったん唇を噛み締め、

「ほおかぶりの頭のてっぺんが盛り上がってないというか、髷（まげ）がないふうに見えたんですよ」

神人を真っ直ぐに見つめた。

「つまり、坊主ってことか」

女房が強く頷いた。

六

定町廻りの和泉が出張って、紙漉き職人の伝蔵はお縄になった。

はじまりはほんのささいなことだった。

大店の番頭が博打でこしらえた借金の証文を三吉が集めた反故の中から見つけたのだ。

いくら番頭といえども簡単に返せない金額だと踏んだ伝蔵はその店に出向いた。

店の金を使い込んだのだろうと伝蔵に脅された番頭は、面倒を恐れて金を渡した。

奉行所に呼び出されたその番頭は二十年奉公した金できちんと返済をしていたことがわかったが、主の信頼を失うと思い伝蔵のいいなりになったと、身を震わせた。

そのとき、一朱という思わぬ金を得ていい気になった伝蔵は漉き返しもろくにせず、反故を探っては小さなことで脅しをかけ始めた。

「でもほんとにみんな、ちっちゃいことですよねぇ。ひどいのはお武家のぼっちゃんの塾の吟味試験でしたけど」

　庄太は縁側に座って、昼寝をしているくまの背を撫でていた。

　息子のあまりにひどい試験の結果を門前に貼り出すというのだ。むろん主人ではなく、妻女に話が行くように取り付ける。

「大金を求めないから、皆、買い上げちゃう。うまいですよぉ。二百文とか五百文とか、それで恥ずかしい思いをしなくて済むなら払いたくなります」

　そうした商家や武家がこのふた月の間に百近くあったと伝蔵は吟味与力に威張っていったらしい。

「漉き直ししてる暇なんざねえはずだよ。けど和泉には文句をいわれた。あんな小悪党で出張らせるなってな」

　神人は首の凝りをとるように左右に振る。

　庄太が唇を突き出した。

「しょうがねえですよ。神人の旦那はお縄にはできねえんだから」

「けどな、報恩寺の坊主はやり過ぎた」

　三吉を襲ったのは、妹の墓参りのときに会った坊主だった。襲ったというより懇願しにきたが、つい感情が高ぶったというほうが正しい。

やはり元はさる大身に仕えていた若侍だった。だが、主の息女と恋仲になったのを主に知られ、息女は他家に嫁入りし、若侍は自ら出家した。

「すでに嫁入りが決まってたっていうんじゃしかたないですかねぇ」

うんうんと庄太は神妙な顔つきで幾度も頷いた。

「でも坊主になってもその想いを断ち切れなかったんですねぇ。そのご息女からもらった懸想文が捨てられなかったんだから……」

切ないなぁと、庄太は空を仰いだ。

どこの屋敷のものか、梅の花びらがひらりひらりと舞い落ちてきた。

昨日、神人は報恩寺へと赴いた。

若い坊主は、文を焼き捨てるはずだったがなかなかできずにいるうち、小坊主が他の反故とともに三吉へ渡してしまったのだといった。そのことに気づいたときに、差出人のない文が届けられた。

瓦版屋に懸想文を渡せば、嫁いだ息女の立場も悪くなるだろうとたどたどしい文字で記されていたという。

これはよく寺に来る紙屑買いの三吉の仕業だと、息女からの文を取り戻すため家に忍びいったと涙ながらに語り、

「己の未練が恥ずかしゅうございます。三吉さんにも助けられました」

と、うなだれた。

三吉は奉行所に呼び出されたが、終始、怪我は自分で転んだものだといい張ったらしい。

「なるようになったような、ならなかったような……」

神人が呟くと庄太が眼を丸くした。

「いつもの旦那じゃねえ」

わざとらしく身を震わせて、くまにしがみついた。くまが迷惑そうに庄太の腕をすり抜けていく。と、そこへ、

「屑ぅい、お払ぁい」

三吉ののどかな声に続いて、

「お払いの御用はございませんかぁ」

幼い声が響いた。神人と庄太は顔を見合わせる。

小太りの庄太が弾かれたふうに駆け出した。くまもその後を追いかける。

庄太に促された三吉が申し訳なさそうに庭へ入って来た。

「旦那。こたびはありがとうございました」

深々と頭を下げる。

「おれ、伝蔵さんがあんなことしてるってまったく知らねえでいたから。あのお寺へ素直に伝蔵さんの文を届けちまった」

「仕方ねえよ。まさか懸想文が混ざってるなんて気づかないもんな」

だいたいお武家のお嬢さんの文なんて読めませんよぉと三吉は笑った。

「ところで和泉は厳しくなかったかい?」

へへへと三吉は鼻の横を掻いた。

「お優しい方でしたよぉ。おれの夢を叶えてくれました。ほら、この子ですよ」

三吉の足にしがみついて、神人を恐々見上げている。まだ五歳ほどの童だ。

「おう、なんだよ。和泉が叶えたって?」

神人はちょっとふてくされたふうに口許を曲げた。

「伝蔵さんの漉き場にいた子どもたちはみんな親なし宿無しだったんです」

伝蔵はどこからか子どもを連れてきてはろくろく物も食べさせず、働かせていたという。女児は十を過ぎるといつの間にかいなくなっていたと三吉はいった。

神人は眉をひそめた。人買いと女衒の真似もしていたに違いない。こたびの脅しと合わせれば、伝蔵の罪はかなり重くなる。

「おれはね、旦那」

爺さんに育てられ、仕事を引き継ぎ、長屋の人たちに支えられてきた。だから恩返しをしたくてねと、身に力を込め、

「この子たちをみんな引き取って、紙屑買いの店を開こうと思ってたんです。この世にいらねえモンなんて生まれてこない。そうみんなに思わせてやりたくて」

瞳を輝かせた。

「それが夢だったのか」

神人と庄太は顔を見合わせた。

へえと、三吉は顔を赤くして俯（うつむ）いた。

でも、みんな引き取りたいならひとり頭五両寄越せと伝蔵にいわれて懸命に金を貯めていたのだといった。

「そのことをいったら、お役人さまが名主に掛け合ってくれたんです。そしたらあの漉き場をそっくりおれが使っていいって。定町廻りのお役人は怖い人ばかりだと思ってたけど」

庄太が軽く舌を打って呟いた。

「和泉さんのいいとこ取りだ」

神人は指先で鬢(びん)を掻く。

「けど、聖天さまに商売繁盛を願っていてよかったですねぇ。願いを聞き届けてくれたんですよ」

庄太がいうと、三吉が唇を曲げて強く首を横に振った。

「違いますよ。あすこは子授けでしょ。おれ、子どもたちが欲しいって願掛けしてたんです」

いやそれはと、庄太がなにかいおうとしたが、神人は押し留め、

「そうだなぁ、そのとおりだよ。子どもを授かったんだ、子どもは宝だ。おまえの周りはお宝だらけでうらやましい。頑張れよ、三吉」

笑い声を上げた。

くまも三吉を励ますように地面に足を踏ん張って「わん」と一声鳴いた。

家路

小松エメル

小松エメル（こまつ・えめる）
一九八四年東京都生まれ。國學院大學文学部史学科卒業。二〇〇八年にジャイブ小説大賞を受賞してデビュー。著書に『夢の燈影』『総司の夢』『歳三の剣』『梟の月』、「蘭学塾幻幽堂青春記」「一鬼夜行」「銀座ともしび探偵社」シリーズなど。

（……もうすっかり冬やな）

慶応三（一八六七）年十月九日——新選組隊士・山崎丞は、狭い路地に身を隠しながら、かじかむ手をこすった。曇りがちだが、風はない。しかし、何刻もの間、同じ場所で立ちつづけている身には、風の有無はかかわりなかった。居住している不動堂村の屯所に帰る頃には、凍っているかもしれぬ——そう思ってしまうほど、手足は冷えきっていた。

（出てきよった）

目を眇めた丞は、路地の更に奥、人一人入るのも苦しい隙間に身体を押しこめ、息を潜めた。隙のない静かな足音が、段々と近づいてくる。できるだけ何も考えぬようにして、力を抜く。ほどなくして、目標の人物が目の前の通りを過ぎた。ちらりと見えた横顔は、丞が想像した通りの男・御陵衛士の服部武雄だった。

この路地は一応反対の通りに抜けられるものの、幅の狭さから使われておらず、雑草が生い茂っている。誰かが潜んでいると考える者はまずいないだろうが、丞が相手にしているのは武術の達人だ。よくよく用心しなければならなかった。

やっと隙間から出て、ちらりと通りを窺うと、服部の姿はなかった。丞は追いかけずに、再び路地に引っ込んだ。服部が進んでいった道の先には、監察仲間の一人が潜んでいる。丞の任務は、この路地の目と鼻の先にある、御陵衛士の屯所・月真院に出入りする者を見張ることだ。服部は御陵衛士の一人であるが、今年の三月までは丞と同じ新選組隊士だった。御陵衛士は、新選組で軍奉行を務めていた伊東甲子太郎が作ったものだ。その名の通り、昨年崩御した孝明帝の墓守りを担っている。

――帝を離隊の方便に使うなど、あいつらはやはり信用ならぬ。

――それでは、長州の奴らと同じではないか。姑息な真似をしよって……。

彼らが御陵衛士を拝命し、分隊すると発表した時、屯所内では怒りの声がいくつも上がった。「切腹だ」と騒ぎ立てる者もいた。しかし、伊東たちの分隊は、新選組の局長である近藤、副長の土方らの許可があってのものだ。上が認めたならば、とふだんなら呑み込むが、今回ばかりは得心がいかぬ者も多かったようだ。もっとも、「この件には正当な理由があるはず」と宥める者も少なからずいた。

伊東の力は、隊内で未だ健在だ。それは新選組の中に、伊東の間諜がいる可能性を示していた。丞たち監察方は、すでに数名怪しき隊士を見つけているが、疑惑を追及するまでは至っていない。そもそも御陵衛士の頭である伊東が、「二重間諜になる」と自ら宣言しているのだ。

——私たちは、これから倒幕を目指す者たちと交わりを持つ。しかし、裏切り行為ではない。その時に得たものは、必ず我らが隊に還元するからです。

分隊を切りだした時、伊東はまっすぐ近藤を見据え、そう述べたという。伝え聞いた丞は、そらあかんと頭を抱えて唸った。伊東一派が隊を離れたがっていることに、丞は以前から薄々気づいていた。隊と彼らの思想には、ずれがあった。しかし、離隊は叶わぬだろうとも考えていた。大人数を引き連れ離隊なり、分隊する——隊に仇(あだ)なす不穏分子と宣言しているようなものだ。

だが、伊東のやり方はうまかった。理由に帝を持ちだし、魂(たましい)はあくまで新選組にあると宣言した。真っ先にその話を尊王(そんのう)家でもある近藤にしたのも、流石(さすが)は伊東といったところだろう。

——近藤はああいう男に弱い。

珍しく土方がぼやいたことを思いだした丞は、緩みかけた口元をすぐさま引き締めた。服部が去った方から、誰かがやって来る。非常に隙のない足音だ。この人物もまた、相当な武術の腕前を持つ者であることが窺い知れた。

異変を感じ取り、戻ってきたのだろうか。もしそうなら、さっさと逃げるのが賢明だ。身のこなしが軽い丞ならば、反対の通りに出れば逃げきれる。だが、気づかれていないとしたら、逃げ損だ。走り去る音で、ここに誰かが潜んでいたと露見してしまう。どうするか——迷ったのは一瞬だった。

小さな咳払いを耳にした丞は、動かぬことに決めた。目の前を影が横切ってからしばらくして、足元に落ちた小さな紙片を拾った。結びを解き、中をさっと見たが、特筆すべきことは記されていない。しかし、これは重要なものだ。何しろ、「彼」が命を懸けて記したものである。その紙を復元できぬほど細かく千切った丞は、鬱蒼と雑草が茂る地に撒き、足で散らした。

顔を上げ、斜め前方に視線を戻す。同じ屯所でも、こちらは声一つ聞こえぬほど静まり返っている。一度もそこに立ち入ったことのない丞には、中で何が起きているのか、知りたくとも知れなかった。こうした状態が、もう四月も続いている。いい加減、皆焦れてきていた。監察の仲間は勿論、一等焦れていたのは近藤や土方といった、幹部たちだろう。

——何でもいい。証拠を摑んでこい。白でも黒でも構わぬ。

御陵衛士への監視を命じた時、土方はそう述べた。いつも能面のような無表情を浮かべている男が、この時は苛立っているように見えた。確かに、非常に厄介な一件だ。今も同志である相手を、「怪しい」という憶測だけで処分するわけにはいかなかった。九割がた黒に思える伊東も、真意は分からない。あちらからの手出しがない限り、こちらも動けないが、何かことが起きてからでは遅すぎる。「白でも黒でも構わぬ」という土方の命は、おそらく大半の隊士たちの考えと同じだろう。

（違うんは、俺くらいやろか）

丞とて決着をつけたくないわけではない。だが、これといった証が掴めずにいる状態で、強行突破するわけにはいかぬ。慎重にと心がける反面、それが過ぎてはならぬと自戒の念も忘れてはいない。あまり慎重になりすぎるのは、かえって危険である。そうこうしているうちに、また誰かが命を落とすかもしれぬ。

（……あの悪夢を繰り返すわけにはいかんのや）

ぎりっと歯噛みをした時、また足音が聞こえた。

＊＊＊

丞が新選組に入隊したのは、文久四（一八六四）年一月のことだ。生まれは京だが、人生の大半は大坂で過ごした。彼の地で鍼医者を営んでいた父を手伝っていた頃には、また京へ戻るとは考えもしなかった。だが、文久三年秋に父が急逝した後すぐ、丞は弟・新次郎と共にこの地にやって来た。

「お前はついて来えへんでもよかったんやで」

当てもなく京に来た丞は、己の勝手に弟を付き合わせたことを申し訳なく思い、謝った。しかし、返ってきた答えは、「ついて来たんとちゃうわ」という呆れ声だった。

「俺は俺で行きたいところがあるねん。ほな、ここでお別れや」

兄貴も達者でな——そう言って颯爽と去っていった弟はその後、幕臣永井尚志の家臣となって丞の前に現れたのだが、この時には無論想像もしなかった。度を越した弟の身勝手さに、行き先を問い質しもせず、ただ笑ってしまった。

血筋なのかもしれぬ、と丞は思った。父が大坂で鍼医者を始めたのも、にわかに思い立ってのことだったらしい。一方で、母はとても真っ当な人だった。奔放で何を考えているか分からぬ父に愛想をつかすこともなく、当人が亡くなってからもまだ慕いつづけている。丞たち兄弟が京へ行くと突然言いだしても、心配はしたが、結局は快く送りだしてくれた。母のことを思いだすと、丞は胸が苦しくなった。

それでも、母のもとへ帰ろうとは思わなかった。新選組に入隊してから、それなりに多忙だったのだ。大坂では、ひやかしで道場に通っていた。大した腕ではないが、新選組に入隊する者の半数以上は、木刀を握ったことさえなかった。新選組がただの浪士組だった時と同様、ずぶの素人が多数混ざっていたのだ。武術の経験さえあれば重用される——新選組に入隊したのは、そんな噂を耳にしたからである。

もっとも、丞が剣術経験者として重宝されたのは、最初だけだ。新選組は深刻な人手不足で、平隊士は雑用に走らされることが多く、足の速い丞はよく使いを頼まれた。近場から遠方まで、行かされる場所は様々だった。

（上の奴ら、俺のこと馬や思うてる。生憎人間やさかい、そない馬力出えへんからな）

内心文句を言いつつ、市中を駆ける日々が続いた。

転機は、思いがけず訪れた。

元治元（一八六四）年六月五日——丞は事件に立ち会った。

この日、三条小橋の旅籠池田屋では、脱藩浪士たちが集い、とある議題について論じ合っていた。長州の吉田稔磨、肥後の宮部鼎蔵、土佐の北添佶磨など、顔触れは洛中で名の知れた者ばかりだ。しかし、これほどの面子が揃いながら、話は一向にまとまらなかった。

「御所に火を放ち、その混乱に乗じて帝をお連れする……これしか手立てはない」

その提案に頷く者と首を横に振る者、反応は様々だった。怒って帰る者もいたが、大半の者は残り、さらなる議論を交わした。形式上、藩を脱しているものの、今も国元と繋がっている者がほとんどだ。必ずしも藩内の意見が一致していないからこそ、足並みを揃え、来るべき戦いに備えなければ——そう思う者も少なからずいた。

「決行するならば、今しかあるまい」

もう何度目か分からぬその言葉が発せられた時、もはや否定する者はいなかった。そうするしか方法はないと、実のところ皆分かっていたのだ。その場にいた者たちの心は、一気に決行へと傾いたが——。

「御用改めでござる」

階下から、よく通る甲高い声が響いた。部屋にいた者たちが一斉に立ち上がった時、慌てた様子で駆ける足音と、金切り声が上がった。

「お二階の方々、どうぞお逃げ——」

途切れた声と階段を駆け上る音に、ただならぬ事態が起きたことを悟った志士たちは、刀を手に取り、灯りを吹き消した。それと同時に、襖が勢いよく開いた。入ってきた男は、闇に潜む彼らの顔を一人一人認めるようにして眺め、大きな口を開いた。

「手向かい致すは容赦せぬ。大人しく縛につけ」

男の咆哮をきっかけに、それから数刻もの間、池田屋は戦場と化した。突入したのは、近藤勇率いる数人の隊士たちだ。精鋭であったものの、数は圧倒的に志士たちの方が多い。苦戦を強いられたが、近藤たちは耐えた。土方率いる隊が後から現場に駆けつけた時には、ほとんど制圧された状態だった。

討ち入る数刻前、大半の隊士が祇園会所で待機していた時から、丞を含む数人の隊士たちは、極秘裏に動いていた。志士たちが会合している場を突き止めること――それが、彼らに課せられた使命だった。

丞たちは手分けして、市中を捜索した。汗だくになりながらも、決して足は止めなかった。京の夏の暑さは、笠を被るだけで防げるものではない。だが、屯所には体調不良で留守番の者たちがいる。これ以上、人員を減らすわけにはいかなかった。

(どこや……どこにおるんや)

丞はひどく焦っていた。はじめて任された大きな仕事だ。何としても成功させたい。否、成功させる。そうしなければ、大変なことになってしまう。

(京が火に包まれるなんて冗談やない……そない馬鹿げたことさせて堪るか)

手遅れにならぬうちに一刻も早く――そう念じつづけながら市中を駆け巡ったが、

目標は影も形も見えない。指示を仰ぐため会所に戻った丞は、目を瞬かせた。待機していた隊士たちが、今にも出動せんとしていた。

「敵の居所は分からぬままだ。会津からの増援も来ない。だが、動くと決めたそうだ。間に合わなかったな……」

同じ命を受けて動いていた島田魁が横で呟いたが、丞はその言に頷けなかった。隊が進む順路を説明していた土方をじっと見据えていると、一瞬だけ目が合った。

「探索を命じられた者たちは、引き続きその任に当たれ」

その言葉を聞いた途端、急いで身を翻した。他の者たちも同じようにしたが、丞は彼らの追随を許さぬほどの速さで走った。

丞が目標に行き当たったのは、すでに近藤たちが突入した後だった。中から漏れ出てくる聞き覚えのある声に後ろ髪を引かれたものの、急いでその場を後にした。

土方率いる隊と会うまでには、さほど時を要しなかった。こちらに向かって走っているのを見て、己がまるで役に立たなかったことを悟った。真正面から目が合ったはずなのに、土方は無言で丞を追い越し、池田屋へと疾走した。

池田屋に再び舞い戻った時、とうに勝敗は決していた。

「誰が斬られた⁉」

「藤堂隊長だ。額からひどく出血している。早く運びださねば命が危ないぞ！」

仲間の焦った声が響くなか、戸板に乗せられた当の藤堂がゆっくり目を開けた。

「勝手に殺してくれるなよ……歩いて帰りたくなるだろう」

にやりとして言った藤堂に、周りから安堵の声が漏れた。池田屋からぞろぞろと出てきたのは、ほとんどが新選組隊士だった。敵の姿もあったが、皆、味方に取り押さえられている。

（負けや……ひどい負けや）

丞が心の中で思ったことは、隊士たちの考えとは逆だろう。藤堂をはじめ、味方にも負傷者はいたが、敵の数名は討死し、多数が捕縛されている。血に塗れた場を制しているのは、丞の仲間たちだ。新選組は勝った。それも、これまで経験したことがない大勝利だった。

「……壬生狼のくせに、えらい強いやないか」

「長州はんには悪いけど、なんや赤穂義士の討ち入りみたいやな」

遠巻きに集っていた野次馬たちからそんな声が聞こえてきた。長州贔屓の京の人々は相変わらず新選組を嫌っている。だが、心なしかこちらを見る目が変わったようだ。

「縄を持ってきてくれ。捕まえた奴らを縛って奉行所に引き渡すぞ」

そう叫んだ隊士や、「承知」と応じた隊士たちは、水を得た魚のように生き生きとしている。勝利を確信しているのだろう。だが、丞にはどうしても勝ったとは思えなかった。

(俺がもっと早う見つけとったら、こないなことにはならんかった)

土方隊がいれば、店の周囲も厳重に包囲できたし、店内にも大勢味方を送りこめた。そうすれば、味方も敵もこれほど死傷者が出なかったはずだ。少なくとも、敵はほとんど誰も逃げだせなかっただろう。丞たちがしっかりと任務を果たしていれば、今日起きたあらゆることを未然に防げていたに違いない。

せっかく任せてもらったのに、どうしてもっとうまくできなかったのか。過ぎたことを悔いるのは無駄だと分かっていたが、そうせずにはいられなかった。己の無力さに腹が立って仕方がない。無性に悔しくて、情けなかった。

「残党が潜んでいるかもしれぬ。一匹とて逃がすな!」

近藤の上げた甲高い雄叫びだけが、丞をその場から逃げ出さずにいさせる、救いの声だった。

(……まだや。まだ終わってへん)

もつれそうになる足を動かし、丞は周囲の探索を行った。路地裏から屋根上まで隈なく探したが、池田屋から逃げだした者を見つけ出すことはできなかった。

「局長の隊に入れられていなくてよかった。俺もお前もついていたなあ」

友が軽口を叩いたのは、池田屋事変から半月後のことだ。この日丞は、気心の知れた隊士と飲みに出かけた。行きつけの小料理屋の女将（おかみ）は、丞たちの無事を知り、喜んでくれた。彼女の笑みで癒されたが、友の一言で再び心が凍りついた。

「……何、阿呆なこと抜かしとんねん。臆しとるんならさっさと辞めてまえ！」

気づくと、丞は友の胸倉（むなぐら）を掴み、怒鳴っていた。女将の悲鳴が響き、我に返った時、

「そうか……やはり、俺は向いていないよな……」

唇を震わせて呟いた友は、まだ酒がなみなみ入っていた盃（さかずき）を掴み、一気に飲み干した。そうしてどんどん酒を呷りつづける友に、なぐさめの一つも返せなかった。

数日後、友は上に申し出て、離隊した。前々から考えていたことらしい。しかし、丞は己のせいやと悔いた。

「……あかんわ」

常のように使い走りを頼まれ、ようやく帰営した丞は、思わずぼやいた。

「何が駄目なんだい？」

口から漏れそうになった悲鳴を何とか呑み込んだ丞は、そろりと後ろを向いた。そこにいたのは、想像していた通りの男――総長の山南敬助（やまなみけいすけ）だった。色が白く、いささか顔がふっくらとしているので、彼を見るたびつきたての餅を思いだす。だが、こう見えて相当に腕が立つらしい。

「あんたに話がある。さあ、ついておいで」

呑気な口振りで手招きする相手に、素直に従った。向かった先は、副長の居室だった。丞はぎくりとした。部屋の中の相手と顔を合わすのが、少々気まずかった。入室し、対面に座して早々、山南は用件を切りだした。

「例の件だが、この山崎も入れたらどうだろう。あんたもそう考えていたんだろう？」

山南をひと睨みした土方は、眉間に皺を寄せて息を吐いた。

「だが、そいつはしくじった」

土方の答えに、丞は息を呑んだ。

（ああ、そやったんか……俺はあん時試されていたんやな）

祇園会所で土方と目が合った時を思いだし、顔を顰（しか）めた。土方は丞たちの働きを見ていたのだろう。おそらく、そこで及第点を取れたら、土方が考えている件とやらに入れたのだ。

「近々、監察方という部署を作る。敵味方の別なく探りを入れ、怪しき者がいれば報告する——これが主な任務だ。通達があった日からそちらに配属となる。異論はないな？」

土方はそう語り、じろりと烝を見た。しばらくしてから、「あります」と答えた。

「お言葉通り、俺はえらいしくじりました。また同じことしてしもうたら、今度こそ悔やんでも悔やみきれません。せやから、このお話は辞退させてもらいます」

（珍し。鳩が豆鉄砲食らったような面しとるわ）

土方の目を見開いた顔を、烝はまじまじと見た。

「やはり、見る目は確かだと思うな。あんたも俺も」

面白そうに言った山南は、眉尻を下げきった顔とは不釣り合いに高らかに笑った。

それから数日後、監察方が正式に発足した。改めて配属を言い渡された烝は、無論抗議した。だが、またしても受け入れられず、結局は折れることとなった。

監察の仕事は地味で目立たぬもの——当初の予想は、働きだしてすぐに覆った。人目を忍ぶ任務が多く、他人に己が新選組隊士だと気づかせぬ必要はある。だが、その間、まったく他人とかかわらぬわけではなく、むしろふだんの何倍も見知らぬ人々と接触した。大抵は身元を隠したまま別れたが、時折明かすこともあった。そういう時、相手は決まって丞を罵倒した。

――騙しとったんか……汚い奴やな！

それで心痛まぬほど、情知らずではない。しかし、謝るのも妙な話だ。世間には卑劣な行為だとしても、しなければならなかった。辞めれば、他の者にその任が移るだけである。

「……話はここまでにしよう。監察の山崎がいる」

「おお、怖い。あることないこと告げ口されたら敵わんぞ」

味方からも、ちくりと嫌みを言われることがあった。

（そないなことしとる暇があるんやったら、稽古の一つでもせえっちゅうねん。役に立たん奴ほどよう吠えるわ）

丞が心中で悪態を吐いたのは、はじめのうちだけだった。そのうち、丞に聞こえるようにわざと悪口を言ってくる者がいなくなった。それは、監察という任が、副長の土方に重宝されたためだろう。当人が明言したわけではないものの、そうした評には皆敏感らしい。だが、どうでもよいことに思えた。罪悪感を抱き、腹を立て、評判を一々気にしていたら、監察など続けてはいられぬ。

この日、十日がかりの潜伏任務を終えた烝は、監察方の者が身を変じるために使っている旅籠へ向かった。先客の気配を感じつつ部屋の襖を開けると、そこには島田魁がいた。

「見事な太鼓持ちやないか。これから揚屋に行くんか」

「馬鹿、商家の若旦那だ」

「冗談や」と笑って返すと、髷を奇麗に結い上げ、上等な着流し姿の島田は、鼻を鳴らした。島田も、監察方発足時にその任を受けた。さっぱりとした気のいい男だが、仕事ぶりは反対で、相手が音を上げるまで決して離れぬ執念深さを持つ。この男の姿を眺めるたび、よくも密偵などしていられるものだと不思議に思う。

「あんたみたいな大柄な男、なかなか見かけるもんやないで。すぐ身元が露見して当然やいうのに……なんで毎度無事帰ってくるんや」

「やり方があるのさ。お前が監察をやれていることこそ、俺には謎だ」

「なんでや。俺はごく普通の男やで。露見する方がおかしいやろ」

凡庸な己に向かって何を言うのか。首を傾げると、島田は肩をすくめて呟いた。

「……そのくらい鈍い方が、この仕事に向いているのかもしれんな」

手早く着替えた二人は、少々時をずらして外に出ることにした。先に出た烝は、日についた一膳飯屋に入った。腹ごしらえのためではなく、今後の作戦を練るためだ。

（適当に撒くか……大した使い手でもなさそうやし）

飯屋を後にした丞は、当てもなくぶらり歩きをする振りをして、市中を縦横無尽に巡った。四半刻ほど経ってから、ほっと息を吐いた。旅籠から出てしばらくの間感じていた視線は、今やどこにもない。一体どこの誰に嗅ぎつけられたのか？　考えを巡らせながら歩いていた丞は、屯所の前で一刻前に別れた島田と鉢合わせした。

「遅いお帰りやな。俺は飯食うてきたんやけど、あんたは？」

「帰り道に厄介な仕事を思いだしてな。それを片付けてからの帰りさ」

門番の横を通り、二人は連れ立って西本願寺の中に入った。屯所にしている北集会所に着く前に、丞はぼそりと言った。

「すまん。あんたがどうにかしてくれたんやな。相手はどないな奴やった？」

「礼はいらん。俺が以前追っていた長州者だった。新しい宿の場所は追って知らせる」

島田の言に軽く手を振り、先に屯所に入った。

（……三日も碌に寝てへんのか。はよ、寝よ）

長い廊下を歩きつつ指折り数えていた丞は、自室の襖を開けた瞬間、目を瞬かせた。

皆不在かと思いきや、そこでは近藤周平という同室の隊士が一心に書き物をしていた。

線が細く、非常に整った顔立ちの周平は、武骨で雄々しい勇とは似ても似つかない。血の繋がりはないから当たり前だが、それにしたってこの義理の親子は似ていなかった。

「お疲れさまです」

周平は文机に向かったまま、頭を下げた。真摯な様子を見て、変わったなと思う。入隊当時は十六と歳若かったこともあり、周平は様々な面で未熟さを露わにしていた。優れているのは見目と出自だけ──口さがない連中はそう揶揄していて、あまり他人に興味がない丞も同じようなことを思っていた。

監察方に任じられてふた月が経った頃、「周平の素行を調べろ」と土方に命じられ、丞は承諾した。その結果、明るみに出た周平の所業は、義父の近藤でも庇いきれぬものだった。

──よくもまあ、これだけあちこちに女がいたものだ。

同じく周平の身辺を探っていた島田が呆れて述べたように、周平の女癖は度を越していた。しかし、単に女遊びが激しいだけならば、近藤は大目に見ていたのかもしれぬ。

（女んとこ行ってたくせに、槍習っとるて嘘吐いてたんが駄目やったんや）

近藤は愚直なまでにまっすぐな男だ。嘘を吐くのも吐かれるのも、異常なほど嫌がる。そんな近藤があの土方と親友というのだから面白い。土方は、嘘を吐くことなど屁とも思っていないような天邪鬼だ。正反対だからこそうまくいっているのかもしれぬが、丞の中ではどうもちぐはぐな二人に思えた。土方だったら、まず周平のような男を養子には取らぬだろう。

悪い男ではない。ただ、弱いだけだ。強くなろうと努力している様子もいくどか見受けられたが、そうはなれなかった。しかし、どんな時も、周平は優しかった。それは、彼をつけまわしている時に丞が知った事実だ。いずれ、養子縁組は解かれるだろう。彼の序列が徐々に下がってきているのが、何よりの証だ。

(もしも、もっと早う変わってたら——)

そう思いかけて、我に返った。それを考えるのは、己の領分ではない。監察になってからというもの、余計なことを考えぬように心がけていた。周平に向けていた気を、布団を敷くことに集中させ、急いで床についた。

時が駆け足で過ぎていく——そう感じるようになったのはいつの頃からだろう。方々を走りまわされていた時が長閑だったと思えるほど、多忙を極めていた。監察方の敵は、隊内外を問わずいる。どこにいても気が抜けなかった。それが苦痛で辞める者も少なからずいたため、監察方は次第に一定の面々で固定されるようになった。

「お前は図太いから、監察に向いてる」

「あんたに言われとうないわ。お互いさまやろ」

島田とそんな軽口を言い交わす時は、決まって辛い仕事が振られた時だった。この時――慶応三年六月においてもそうだ。

――伊東たちを監視しろ。奴についていった者たちは無論のこと、隊に残った、奴の息のかかった連中からも目を離すな。

新選組隊士たちの幕臣取立てが決まったのは、つい先日だ。その日、土方は監察方を集め、件の命を下した。土方がそう言ってくることは予想していたため、誰も驚きはしなかった。

三月に伊東たちの分隊が決まってから、彼らの動向を調べていた。それはあくまで、分隊した仲間の身を守り、監督するためとされた。無論、名目上ではあるが――。

「……一つだけ気がかりがある」

島田がこぼした言葉に、丞は頷いた。何を指してのことかなど、聞かずとも分かる。

「まさか、藤堂さんがここから出てくなんて、俺も思わんかった」

伊東についていった藤堂平助は、局長ら幹部の古くからの同志であり、江戸の試衛館から共に上洛した仲だ。彼らの間には、強い絆があるように見えた。しかし、藤堂には、伊東との絆の方が深かったのかもしれぬ。藤堂と伊東の縁は、近藤たちと出会う前からのことらしい。伊東に新選組への入隊を強く勧めたのも、藤堂だった。

こたびの一件が起きる前から、伊東は「裏表がある」と一部で陰口を叩かれていた。眉目秀麗かつ剣術の腕も立つ——できすぎなのだ。同じ男として面白くないという思いはしたが、丞は伊東のことが嫌いではなかった。

分隊騒動が起きてから、伊東と志士たちの会合を盗み聞きしたことがあった。それは、別件で五条の料亭に潜んでいた時のことである。新選組が目をつけていた志士と伊東が、その料亭にたまたま入ってきたのだ。彼らを目撃した丞は、運良く空いていた隣室に忍び込み、壁に耳をつけて聞き耳を立てた。

伊東と対座していた相手は、新選組を悪し様に述べた。伊東がどのような反応をするか、見定めようとしたのだろう。腹立たしさを堪え、会話に耳を傾けていた。しかし、伊東は新選組の悪口を一言も述べなかった。褒めもせず、落としもせず、淡々と事実のみを語った。伊東がそういう連中と会っていること自体、怪しい動きに他ならなかったが、丞はその時すっかり感心したのである。

「うまい決着を――つけてくれるといいな」

　島田は含みを持った物言いをした。頭に浮かんでいたのは丞と同じ人物だろう。土方ならば、うまくやってくれるはずだと丞も思ったが、ふと嫌な予感もよぎった。

＊＊＊

　御陵衛士への監視を命じられて四ヵ月経った、慶応三年十月九日――この日も丞は、伊東たちの屯所・月真院近くの路地で見張りをしていた。服部や内通者を見送った後、静かな道に騒がしい足音が響いた。

（煩いわ……色々考えとるところを邪魔しよってからに。一体誰や）

　御陵衛士ではないと確信したのは、あまりにも足の運びが乱雑だったからだ。警戒のけの字もない。訝しみながら通りを覗き見た丞は、嘘やろと心の中で呟いた。そこには、いてはならぬはずの人物がいた。

　丞は足を前に出しかけて、何とか踏みとどまった。その間に、男は屯所の中に堂々と入っていった。その男は、伊東のことを毛嫌いしていたはずだ。伊東の方も、男に何の興味も示さなかったように見えた。重大な何かを見落としていたのだろうか？

混乱しつつ考えこんでいた時、屯所から出てくる影があった。目の端でそれを捉えた丞は、素早く男の後を追いかけた。

「原田さん」

月真院から大分離れた辺りで、丞は男を呼び止めた。振り向いた原田は片眉を上げた。月代を剃らず、着物はよれよれ。もっさりとした形の男だが、よく見ると精悍な顔つきをしている。獣のように鋭い三白眼は、軽く睨まれただけで身がすくみそうだ。

「なんで御陵衛士んとこに行かはったんですか」

この男に腹芸は通用せぬと思い、真正面から切りだした。

「藤堂を呑みに誘いに行った。奴は不在だったが」

「滅多な用がない限り、近づいたらあかんいう決まりがあるんはご存知ですやろ」

「馬鹿を言うな。友を呑みに誘うのは、滅多な用だろ」

ぞんざいな言い振りに、堪えていた苛立ちがぱっと弾けた。

「冗談言わんといてください！　下らん用でむざむざ疑われるような真似しとったら、あんたと親しい永倉さんや島田まで敵と思われ――」

殺気に満ちた形相で睨まれた。思わず言葉を止め、唾をごくりと飲み下す。しばし丞を見据えていた原田は、踵を返して歩きだした。

「そんなだから駄目なんだ」

憮然とした呟きを耳にした丞は、歯をぎりっと噛みしめた。

（……あんたも俺たちが悪い言うんか）

仲間をつけ回し、探りを入れる監察を良く思っていない連中は、少なからず存在する。原田も同じ気持ちだというならば、「駄目」などと言わず、「汚い」と素直に罵ればよいのに——と丞は思った。

原田が反省した様子を見せたら、その一件を己の胸のうちだけに納めただろう。原田は良くも悪くも、腹蔵ない人間だ。両隊が緊迫した状態にあるなかで、藤堂を飲みに誘いにきたという馬鹿げた理由も、原田ならば渋々頷ける。

（……悪口言われたからちゃう。これは仕事や）

屯所に戻った丞は、そう言い訳をしつつ、土方の居室に向かった。

「放っておけ」

丞が原田の話をし終えた時、土方はただ一言述べた。文机に向かって書き物をしている土方の表情は窺えぬが、声には呆れた色が浮かんでいるようにも聞こえた。

「原田には俺から言っておく。隊命だとよくよく言い含めれば、聞かぬ奴ではない」

そう言われたら反論しようがないが、内心文句を言った。原田と土方は京に上る前からの知己だ。いくら「鬼の副長」と言われていても、古くからの仲間には甘くなるのかもしれぬ。そんな風に考えていた丞は、くすりと響いた声に顔を上げた。いつの間にか振り向き、丞を注視していた土方は、口元に皮肉気な笑みを浮かべて述べた。

「分かりやすい奴だ」

「そら、原田さんは前からそういうお人でしょう」

「お前のことだ、山崎」

指された先にあるのは己の顔だが、納得がいくはずもなかった。

その日以来、伊東らの監視を続けながら、原田の動向も気にした。土方は注意すると言っていたが、鵜呑みにできなかった。本人には伝えるはずだ。だが、言うことを聞くかどうかは分からない。

「聞かん坊やからな」

「誰がだ」と問われて、丞は横にいた島田を見上げた。今日は珍しく、二人で連れだっての任務についていた。旅の者という体なので、脚絆をつけ、くたびれた草鞋を履き、それらしい格好をしている。

「あんたと仲ええ原田さんや。御陵衛士んとこ勝手に行ったんやで。ほんま信じられへんわ」

「藤堂隊長——藤堂さんに会いたかったんだろうよ。心配するようなことはないさ」

「そうやろか。どうもきな臭いわ。まあ、原田さんのことだけやないんやけどな。永倉さんなんかもそうや。そや、あの人とも仲良かったな。あんたはどないなん？」

何気なさを装いつつ、丞は胸に抱いていた疑惑の核心に触れる物言いをした。

「俺は少し違う」

島田の答えに、足を止めた。周りから妙に思われると事なので、草鞋を直す振りをしつつ、「どういうことや」と問うた。しかし、島田は答えない。

「副長は気づいとるで。疑われるような真似すな。立場が悪くなるだけやないか」

「それは永倉たちに言ってくれ。カッとした勢いで脱退しかねん奴らだ」

「つまり、あんたはそうやない言うんやな？」

ちょうどその時、追っていた人物が近くに現れたため、島田の答えは結局聞けなかった。合図を送ると、島田はすっと地を滑るように歩きだした。まれに見る巨漢だが、これほど音を立てず、気配を消して行動できる者はこの男くらいなものだろう。

以前から、永倉は近藤に突っかかることがあった。一等ひどかったのは、その不満を会津藩に届けた時だ。その時ばかりは土方も腹に据えかねたらしく、非常に厳しく叱責したようだ。その後、永倉らは役職を下ろされ、しばしの謹慎を言い渡された。――俺は副長の言葉が効いたが、永倉と原田は、井上さんに叱られたのが応えたようだ。

後で島田から聞いて、笑ってしまった。試衛館一派と呼ばれる古参幹部の者たちは皆、中で一等年嵩の井上源三郎に弱いらしい。彼に怒られて何ともない顔をしているのは、遠縁に当たる沖田くらいなものだ。

(鬼でさえ、あの人のいいおっさんには敵わんのか。おもろいなあ)

くすりと笑った丞は、そのまま溜息を吐いた。永倉は未だに近藤への不満を平気で口にする。一人で言っている分には、大した害にもならぬ。だが、他の隊士たちが同調し、御陵衛士たちのように離隊騒動でも起こされたら、今度はただでは済まない。島田の口振りからして、永倉たちが今すぐ事を起こす様子はなさそうで取りあえず安堵したが、原田にかかったもう一つの嫌疑を思いだして、内心嘆息した。

任務を終えた丞は、一旦不動堂村の屯所に戻り、原田を追いはじめた。相手は隊の人間なので、ある程度予定は把握できた。それに、人間はこれまでの経験をもとに行動する。一人一人をじっくり観察すると、それぞれの規則が見えてくるのだ。この規則が分かってからというもの、丞の仕事ぶりは目に見えて進化した。条件がある程度揃っていれば、ひどく外す結果にはならなかった。相手が誰であっても、それは同じであるはずだったが、

（あの男……なんやねん。ほんま分からんやっちゃな！）

今つけている原田は、丞がこれまで頼りにしていたものがまったく通じぬらしい。書物などまるで興味がないような顔をしながら貸本屋に立ち寄り、すぐさま出たかと思えば、四条の大橋でじっと川の流れを眺めつづけた。その後は、島原の揚屋に四半刻ほど滞在して、以前屯所にしていた壬生をふらふらと徘徊し、たまさか会った八木家の小者と何やら話しこみ、ようやく不動堂村へと帰営した。こうして、この日も何の成果も得られぬまま、尾行を終了した。

（あかん。むかむかするわ。せっかく帰るとこやいうのに）

丞は屯所ではなく、もう一つの家へと向かっていた。こちらへ帰るのは久しぶりで、とても楽しみにしていた。原田の尾行で何か摑めていれば、尚のこと心地よい帰宅となったに違いない。

（――忘れよ）

軽く首を振り、気持ちを切り替え、無心で歩いた。

「なんや怒ってはるん？」

別宅に帰った丞に、妻の琴尾（ことお）は小首を傾げて問うてきた。所帯を持ってそれなりに経つが、月に五、六度くらいしかここに帰れぬため、

――あんた、近所から「間男（まおとこ）」や思われてるんやで。

琴尾から聞き、落ち込んだのはつい半月前のことだ。

「お前は勘のいい女や。流石、監察方筆頭の妻女やな」

「あたしの勘が元々鋭いだけや」

小生意気な口を叩き胸を張る琴尾を見て、ふっと笑った。久方ぶりの逢瀬（おうせ）でも、言葉を交わした途端、以前の時に戻れる。こうして傍らにいるだけで心癒される存在――それが家族というものだろうと丞は考えていた。だから、原田のことが理解できぬのだ。

丞は、もう七度も原田をつけている。その間、彼は一度も妻子に会っていない。幹部とて、非番の日は月に数度ある。それなのに、原田は別宅に帰らない。家の前をうろついていたことは何度もあったが、結局家の中には入らず、立ち去ったのだ。

（どうせ、浮気が露見したとかそんなんやろうけど）

心の中でぶつぶつ言っていると、にわかに頬に痛みを覚えた。琴尾がむすっとして、頬を抓(つね)ってきたのだ。せっかく会ったのに、余所事を考えるなというのだろう。「すまん」と素直に詫びると、琴尾は嬉しげに目を細めた。

丞が原田を追いかけるのを止めたのは、十度目のことだった。いくらつけまわしても、何も出てこなかったのだ。別宅に立ち寄らぬことは気になったが、隊務にはかかわりのないことと諦めた。御陵衛士を張る方で忙しかったため、そのうちこの件は忘れてしまった。

斎藤一(さいとうはじめ)が新選組の屯所に帰営したのは、十一月のことだった。斎藤が不動堂村の屯所に足を踏み入れたのは、はじめてだ。ここに屯所が移ったのは、つい五ヵ月前である。少しの躊躇もない足取りで廊下を歩く姿は、伊東について離隊した御陵衛士とはとても思えなかった。

「お前……どうしたんだ」

斎藤を見て驚いた顔をして言ったのは、井上だ。近くにいた者たちも皆同じような表情をしていたが、口に出せた者はいなかった。御陵衛士がなぜここに――そんな問いをしたわけではないのに、この日の斎藤は、いつにも増して近寄り難かった。仏頂面に青筋が浮かび上がり、妙な凄みを発している。

(今にも人殺しそうや)

監察方を務め、いくども死線を潜り抜けてきた丞は、今の斎藤に近づいてはならぬと思った。しかし、よりにもよって斎藤は、廊下の端にいた丞を見遣り、「来い」と言った。

「おい、斎藤。俺あどうしたんだと聞いているんだ。答えろ！」

廊下を歩きだした斎藤の前に立ちふさがり、井上は怒鳴った。

「後で話します。今は……」

井上は唇を噛みしめ、道を空けた。恐ろしい表情とは裏腹に、斎藤の出した声はか細く、かすかに震えていた。

向かったのは、近藤の居室だった。入室を許されるなり、斎藤は近藤の小姓に「副長をお連れしろ」と命じた。声の調子はすっかり元通りで、常よりも居丈高に響いた。丞は焦ったが、近藤は気を悪くした様子もない。間もなくして土方が来ると、斎藤は低い声で語りだした。

「近々、局長を討つ――伊東が明言しました」

(……は……何やて――)

思わず飛び上がりそうになった。土方はこめかみに太い血管を浮きださせ、白面をさらに蒼白にした。恐る恐る近藤を見遣ると、何かに耐えるように瞑目していた。この場から逃げだしたい心地がしてきた頃、近藤はようやく口を開いた。

「酒宴を開いて、伊東を招く。伊東の返答次第だが、念のため皆に控えていてもらいたい」

土方はじっくり近藤を眺め、「承知」と答えた。斎藤が黙って頭を下げたのを見て丞は我に返ったが、同じように頭を下げることはできなかった。

近藤の居室から辞去したのは、四半刻後のことだった。土方について来るように言われ歩きだした時には、斎藤の姿は見えなくなっていた。

（ほんま幽霊みたいなお人や）

だが、近藤も土方も斎藤を信用している。だからこそ、伊東のもとに密偵として送りこんだのだ。丞も、彼には世話になった。直接言葉を交わすことはなかったが、斎藤から御陵衛士の動向をいくどとなく知らせてもらった。紙に記されたそれらはすべて土と化したが、丞の仕事も彼の尽力があってのものだ。

しかし、感謝はしていても、信用はしていなかった。それは誰に対しても同じだ。

（そうせな、監察なんてやってられんわ）

他人を疑い、粗を捜して、時には騙す——それが己たちの仕事だ。隊内で最も嫌な役職として挙げられることもあったし、丞自身嫌気が差すこともあったが、辞める気はなかった。丞は未だに池田屋でのしくじりを忘れてはいなかったからだ。

あの時もっとうまくできていたら、あれほど血は流れなかった。長州の者たちも、今ほど苛烈な行動に走っていなかった。新選組も隊内分裂を避けられた。すべては勝手な想像だが、的外れだとは思えなかった。

だが、どんなに悔いても、過去は取り戻せない。だから、これからのことを考えた。勘定方などを除けば、ほとんどの隊士が実働部隊だ。彼らが生き残るために働く——それが監察の使命だと思っていた。大げさだと笑う者がいても、構わなかった。そんなことを気にするよりも、己にはやるべきことがある。

これ以上悔いを残したくない——その気持ちが原動力となって、ここまで戦ってこられたのだろう。隊のためではなく、己の矜持を守るためにここにいるのかもしれぬ。

勝手極まりないと、丞はこっそり苦笑をこぼした。

「もしもの時、藤堂さんどないします？」

土方の居室で話が一段落した時、ずっと気になっていたことを問うた。土方はいかにも嫌そうな表情をし、懐から出した煙管をくわえた。部屋の中に煙が充満する。

「……局長に一任する」

烝は一礼し、立ち上がった。襖を閉める間際に聞こえたのは、舌打ちの音だ。藤堂だけは逃がせ——近藤は絶対にそう言うはずだ。それは、烝よりずっと付き合いの長い土方の方が、よく分かっていることだろう。


そんな話をしてから八日後の、慶応三年十一月十八日深夜——。

もう二度と後悔はしたくない——そう思っていたが、その願いは呆気なく潰えた。

（また、悪夢が起きてしもうた……）

ふらつきかけた身体を何とか支え、烝は周囲をゆっくり見回した。油小路七条の辻——道に点々と置かれた灯りに照らされているのは、幾人もの死体と、彼らが傷つき流した血の跡だ。己も参加していたというのに、今はじめてこの場に立ち入った心地がした。それほどに、無我夢中だった。池田屋の時は、直接討ち入りに参加したわけではない。刀を振るう、振るわぬでは、まったく気持ちの向きが異なることに、今さらながら気づいた。

「申し訳、ない……わ、私は……」

悲痛な声が聞こえた方に、視線を向けた。そこには、頬を腫らした三浦という平隊士と、顔を伏せて立つ永倉、地に座りこむ原田がいた。目を凝らした丞は、ひゅっと息を吸いこんだ。

彼らの足元に転がっていたのは、藤堂平助だった。手には刀が握りしめられているが、顔も身体も血塗れで、一目見て息がないのが分かった。それでも、藤堂があの時のように目を開けてくれないかと期待した。そんなことはありえぬと知りながら、どうしても願ってしまった。

だが、藤堂の瞼は固く閉じられたままだった。

「あんたが謝る話じゃない。殴って悪かったな」

永倉は呟き、その場からすっと立ち去った。嗚咽を漏らし、崩れ落ちるように座りこんだ三浦は、隊に入ってわずかひと月——永倉たちと藤堂の深い結びつきを知らなかったのだろう。だから、藤堂を敵と認識し、手にしていた刀で彼を斬ったのだ。

「……畜生……畜生……!」

原田の上げた咆哮は、まるで飢えた獣のようだった。怒りに満ちているようでもあり、哀しみに暮れているようでもある。獣の雄叫びは、やがて人のすすり泣く声に変わった。

後処理を終え、屯所に帰営したのは、日を跨ぎ、丑の刻（午前二時）を回った頃だった。現場には、まだ土方たちが残っている。監察方に帰営が命じられたのは、これまでの労をねぎらわれてのことだろう。しかし、丞は素直に喜べなかった。

もう二度と繰り返さぬと思っていた。とてつもなく悔しくて、情けない。一度目と違って、殺したのは仲間だ。「元仲間」だと言う者もいるかもしれぬが、そう簡単には割り切れぬものだ。倒幕と世が揺れている最中、同士討ちなどしていることに虚無感を覚えた。哀しみと憤りに襲われ、苦しかった。

しかし、そうした感情を抱くと同時に、仕方がないことや、と冷静に判断する心もあった。伊東が新選組と決別すると決めた以上、争いは避けられなかった。それでも何とかならぬかと懸命に動いた結果、味方には大きな損失が出ずに済んだ。

（己の力ではこれが精一杯や……）

仕方がない。これで納得するしかない――段々とそう思えてきた。やれるだけのことはやった。苦さを呑みこむことも仕事のうちというのは、監察を続けてきた経験から得たものだ。だが、そうすることが己の負けを示している気がして、思わず唇を噛んだ。

「疲れたでしょう」

優しく労い(ねぎら)の言葉をかけてきたのは、屯所の門前に立っていた沖田だった。ふだんとまるで変わりない沖田の様子に、丞は一瞬だけ先ほどまで起きていたことがすべて幻だったのではないかというような心地がした。

「こない寒い中、待ってはったんですか。えらい冷たくなってるやないですか」

無遠慮と承知しつつ、丞は沖田に手を伸ばした。氷のように冷えきっている頬から手を離すと、今度は額に触れた。

「沖田さん、えらい熱や。はよ、中へ入りますよ」

素直に頷いた沖田だったが、戻ろうとしない。帰営した面々が屯所の中に入っていくなか、沖田は白い息を吐きながら、ぼうっと突っ立っていた。

「沖田さん、ええ加減に――」

途中で言葉を止めたのは、沖田の呟きを耳にしたせいだった。

「……さて、入ろうかな」

丞の方を見て言った沖田は、いつもの幼い表情ではなく、年相応の落ち着いた笑みを浮かべていた。歩きだした沖田がつけた足跡をなぞるようにして、ゆっくり後を追った。ぽたりとこぼれた涙は、頬を伝って地に落ちた。

――おかえり。

無事帰営した皆に言ったのか、それとも帰ってこられなかった元仲間たちに向かって言ったのか。どちらにしろ、その一言は、丞の心を深く抉るものだった。

元同志たちとの決別を契機とするように、世は目まぐるしい変化を遂げた。それも、隊にとってはよくない方向にだ。

十二月九日、王政復古の大号令がだされ、薩長を中心とした倒幕の動きは急激に加速する。病で一線を退いた沖田を除く幹部の面々は、以来ずっと顔を突き合わせては会議している。幕臣取立ての際に副長助勤を命じられていた丞もそれに参加しつつ、監察たちとも意見を交わしあったが、有益な策は一つも出なかった。それでも、何もせずにはいられぬという気持ちだけが空回りしていた。

「年が明ける頃には、大きな戦が始まるだろう。京だけに留まらず、大坂、江戸にまで戦火が及ぶことになるはずだ。幕臣となった我々は、すべての戦に出陣し、公方さまの手となり足となり、お助け申し上げるのだ。明後日から、大坂で陣を張ることとなった。明日は支度で忙しい。急ではあるが、明朝まで全員非番とする。家族や親しき友がいる者は、出陣の挨拶を済ませて帰営してこい」

近藤が全隊士を大広間に集めてそう言ったのは、王政復古の大号令の三日後のことだった。隊士たちの間に動揺が広がったのは、無理からぬ話である。近いうちに大きな戦が起きることは、皆分かっていたはずだ。だが、屯所を捨て、京から出るとまで考えた者は、どれほどいたことだろう。もしかすると、もう二度と帰ってはこられぬかもしれぬ――おそらく、皆の心にはそんな恐怖が浮かんだはずだ。

(……こん中の何人が戻ってくるんかな)

もしかすると、半数にも満たぬかもしれぬ。青褪めた者、殊勝な表情を浮かべた者、怒りに震える者――大広間にいる一同を眺めながら、丞は他人事(ひとごと)のように思った。

(ほんまええ女や。俺にはもったいないわ)

思わず苦笑したのは、琴尾のところからの帰り道だ。突然帰宅して不審に思ったのだろう。「どないしたん」とすぐさま訊ねてきた琴尾に、これからのことを話した。すべて話を聞き終えた後、琴尾は昼餉(ひるげ)を作りだした。いつも通りの簡素な食事だった。食べ終わると、琴尾は丞を引っ張って、外に連れだした。向かったのは、近所の小さな稲荷(いなり)社だった。一心に願いごとをする琴尾を横目で眺めていると、「真面目にしい」と怒られた。

琴尾と別れたのは、夕刻のことだった。明朝に帰ればよいと言ったが、琴尾が承知しなかったのだ。琴尾は丞のことをよくよく知っている。永久の別れになるかもしれぬ逢瀬というのに、丞が心ここにあらずということが分かったのだろう。「はよ行き」と言って丞を外に締めだした琴尾は、それから一度も顔を出さなかった。

——待つんは慣れとる。

そう言って笑ってくれた琴尾の顔を思い浮かべながら、帰営した。できるだけゆっくり歩いて戻るつもりだったが、気づけばいつも通りの早足となっていた。

「……ほんまに阿呆やな」

大名屋敷のような不動堂村の屯所に戻った丞は、廊下で立ち止まって呟いた。

「出合い頭（がしら）に失礼な奴だ」

「せやかて……どないしたんや。こない早く帰ってきて」

「そういうお前こそいいのか？　別れを惜しむ日など、今日しかないぞ」

「『仕事しか能がないんやからさっさと帰営しい』て言われたわ」

ご同様さ、と島田は肩をすくめた。

「あーあ、また帰ってきた」

呆れたように言ったのは、縁側に座り、裸足の足をぶらぶらさせていた沖田だ。

「身体に障りますよ」

「そう言われるのも何度目だろう」

　指折り数えだした沖田は、てんで動こうとしない。そんな沖田を見かねて、島田は己の羽織を彼にかけてやった。足袋まで脱いで渡そうとする島田に、「それは結構」と沖田は慌てて拝むような仕草をした。

「沖田さんは甘やかされると途端に居心地が悪くなるんやな」

「俺はもう子どもじゃあないよ」

　頬を膨らませる仕草が未だに似あう男に言われても、まるで説得力がない。

「甘やかしたくなるんも、あんたの才やと思いますよ」

「俺じゃなくて、皆のせいだ。まったく、揃いも揃って心配性なんだからなあ」

　沖田の言の意味はすぐに分かった。彼が指差した先には、ぞろぞろと歩いてくる隊士たちがいた。丞と島田は、顔を見合わせて苦笑した。

「山崎さんたちも戻っていたんですね」

「おい、今日くらいしか羽目は外せないぞ」

「外そうと思ってはいたのですが……そういうお二人だって同じでしょう」

「違う。俺たちは愛妻に家から追い出されたんだ」

　そう言って島田が盛大な溜息を吐くと、皆はどっとふきだした。笑っていられる状況ではないと気づいていたが、誰も止めることはしなかった。

それからも、隊士たちは続々と帰ってきた。そのたび、「馬鹿な奴らだ」と呆れ声を上げたのは、井上だった。口ではそんなことを述べつつ、彼の目は嬉しげに細められていた。こうして皆で屯所で過ごすのも、今日が最後かもしれぬ――皆それを考えていたのだろう。誰が始めたのか分からぬが、気づけば酒宴が催されていた。

余興をして馬鹿騒ぎをする者、しみじみと語り合いながら酒を酌み交わす者――それぞれ好き勝手にふるまう皆を、座の端っこで丞はじっと眺めていた。思えば、花街で盛大な酒宴を行うことはあっても、こうして屯所で酒を酌み交わす機会はほとんどなかった。笑い声に常のような明るさがないのは、妓がいないせいだけではないだろう。口にはしないが、皆不安で仕方がないのだ。

今、ここにいる者たちは、きっと最後まで戦う気でいる。最後がどうなるかは分からぬが、情勢がひっくり返らぬ限り、厳しいものとなるだろう。それが分からぬほど、皆鈍くはない。急な休みを与えた近藤らも、重々承知であるはずだ。この話を聞いた時、逃げる間を与えたのかと思ったが、そうではなかったことに今ようやく気づいた。

近藤は、覚悟がない者たちを切り捨てたのだ。

彼がいないことに気づいたのは、酒宴が始まって一刻半が経とうという時だった。

（別宅へ行ってんやな）

そのことを思いだしたのは、久方ぶりのことだった。

（……俺はあの人の友でもなんでもない。心配する謂れはないわ）

沖田のようについ面倒をみてしまう可愛げは、原田にはない。気にしてやることはない。己の心にそう言い聞かせて、丞はぐっと酒を呷った。

「原田隊長は、なぜあんなところに立っていたんだろうか」

大広間に入ってきた平隊士たちの言葉に、思わず「なんやて」と訊き返した。急に話しかけられた平隊士は、少々驚きつつ、語ってくれた。

半刻前の話らしい。島原にいた彼は、馴染みの妓との別れもそこそこに帰路についたという。帰る刻限を決めていたのは、名残惜しくなってしまうからだと気まずげに言った。

「……見上げたもんやないか。そんで、原田さんとは店で会うたんやな？」

丞の問いに、彼は首を横に振った。原田と会ったのは、以前屯所にしていた西本願寺の北集会所前だという。そこに一人でぼうっと佇んでいたそうだ。

――どなたか待っていらっしゃるんですか？

気になって声をかけると、原田はちらりと振り返って、こう述べたという。

――……待たせたくねえんだ。

それから原田は、壬生の方へ歩いていった。別宅とは逆方向だ。

「足取りが不確かだったので、最初は酔っておられるのかと思いました。ですが、酒の臭いはしなかったので……それで、気になって少しだけ追いかけたんです」

結局、原田は行き先を決めていなかったようだ。立ち止まったかと思えば、歩きだす――そんな行動を三度繰り返したのを見た彼は、原田がまた歩き始めたところで諦めて帰ってきたという。

（そういや、こいつは原田の下についてるんやったな）

心配そうな顔をしている男の顔をまじまじと見上げた。実家は酒屋で、新選組に加入したのは昨年の夏頃――頭の中にある情報を整理しだした時、ふっと聞こえた笑い声の方を、烝は見遣った。

「あんたはこんな時まで監察だ。そのくせ、何を考えているかすべて面に出ている」

そう言ったのは、いつの間にか傍らにいた斎藤だった。いつも通り仏頂面で愛想のかけらもないが、声はどこか明るく楽しげだった。そのことに驚いたのは、烝だけではない。目の前にいた平隊士たちは目を見開いて固まり、我に返った途端すごすごと退散した。

「それでよく監察を続けられたもんだ。あんたこそ見上げたもんだぞ」

「……おかげさんで」

褒められたのか、けなされたのかよく分からなかったが、そう答えた。

「俺は壬生の田んぼ前で見かけた。ついさっきのことだ」

ちらりと寄越した視線が面白がっているのを見て、烝は深く息を吐いた。

もうおらんやろと思いつつ、斎藤から教わった場所に向かった。予想に反し、そこには彼の後ろ姿があった。肩を落とし、所在なげに揺れているものの、動きだす様子はない。何を思ってか、拳の握りを繰り返している。

(なにしとんねん。ぼうっとしくさってからに……魂抜けてんとちゃうか)

心の中で悪口を述べ続けてみたが、相手は一向に振り返りもしない。ただし、背後に誰かがいることは分かっている様子で、烝が足を止めた時から緊張感が伝わった。もっとも、本当に警戒しているならば、もっと反応を示すだろう。原田のように直情的な性格ならば、相手が誰と分かる前に、逆に襲いかかってきそうだ。

「……なにしてはるんです」

原田はようやくちらりと振り返ったが、烝を認めるとそっぽを向いた。

「こないなところでぼうっとしとらんと、奥さんたちに会った方がええんと違います?」

「俺は分からん」

ぽつりと返した原田に、言葉の意味を問うた。しかし、答えは返ってこない。だが、何か言いたげであるような気配を察した丞は、辛抱強く答えを待った。

「どんな顔をして会えばいいのか分からん」

生まれてくる子に——と原田は呟いた。今、原田の妻のまさは第二子を身籠っている。じきに生まれるのは、丞も知っていた。だからなおさら、家に帰らぬ原田にやきもきしていたのだ。

「あんたの子やろ。普通の顔して会えばええやないですか。それとも、普通に顔見せられへん疚しい訳でもあるんですか?」

「……隊の一員のお前が、俺にそんなことを訊くのか」

丞は口をぽっかり開き、そのまま固まった。

——そんなだから駄目なんだ。

以前、原田にそう言われた時、てっきり監察のことを揶揄しているのだと思った。だが、どうやら違ったらしい。それよりも、よほど性質が悪かった。

沈黙が続いた後、先に踵を返したのは、原田だった。丸まった寂しい背中が遠ざかりかけたその時、丞はようやく口を開いた。

「あんたこそ馬鹿にしとんのか!?」

己でも驚くくらい険のある大声が出た。怪訝そうに振り返った原田に、丞は近づきながら早口で怒鳴りだした。

「誰かを殺した手で女子どもは抱けんか？　他人を不幸にしてばかりやから、幸せになったらあかんのか？　はっきり言うたる。あんたがそないなこと考えたって、誰かが気持ちようなる訳やない。そんなことよりな、あんたのこと健気に待っとる、嫁はんとお子はどないなるねん。あんたの勝手に付き合わされて、それこそ可哀想やないか！　……あない堂々と藤堂さんに会いに行ったの忘れたんか？　あん時みたいに、無遠慮に行けばええやろ。あん時と違って、誰に止められるわけでもあらへんのやから。もしも、あんたの家族があんたが自分で思てるように『悪者や』なんて言うんやったら、俺が仲裁したる。せやから、さっさと行き！」

（……ばっさり斬られたらどないしよ）

威勢よく言ったくせに、内心には恐怖が浮かんできた。相手は弱っているとはいえ、すぐに手が出る傍若無人な原田だ。じゃり、と地を踏みだす音が響き、身構えた。敵わぬと承知しつつ、そっと刀の柄に手をやるあたり、往生際が悪い。

しかし、原田は丞の横を通りすぎていった。その横顔がなぜかとても嬉しげだったため、再び固まった。その場でしばしぽかんとしていた丞は、我に返って彼の後を追った。

往来に出たものの、原田の姿は見えなかった。先ほどのように闇雲に歩いているならば、会えぬかもしれぬ。だが、もしも丞の頭に浮かんだ場所に向かっているとしたら――。

近道を選び、目的の場所に走った。やがて到着したものの、彼の姿はない。物陰に身を潜めた。ここに来る保証はない。そもそも当人は行くのを散々迷って、実行できずにいたのだ。赤の他人に罵倒交じりに説教され、怒っただろう。それを発散するために、どこかいいところへ向かったのかもしれぬ。

それでも丞は、来い、と願った。原田は友でも何でもない。血の繋がりもなければ、情もない。だが、同じ隊にいる仲間だ。丞にとっては家族も同然だった。

(見捨てたらあかん……そないなことしたら俺が許さん)

原田が姿を現したのは、丞が物陰に隠れて少し経った時のことだった。丞は原田が通りすぎるまで息を殺していた。家の中に入った音を聞き届けてから、密やかに道に躍りでた。

原田の別宅の前に立った丞は、そこからしばらく離れることができなかった。家の中から聞こえてくる幸せな笑い声を、できることならばずっと聞いていたかった。

隻腕の鬼

西條奈加

西條奈加（さいじょう・なか）
一九六四年北海道生まれ。二〇〇五年に「金春屋ゴメス」で日本ファンタジーノベル大賞、一二年に『涅槃の雪』で中山義秀文学賞、一五年に『まるまるの毬』で吉川英治文学新人賞、二一年に『心淋し川』で直木賞を受賞。著書に『九十九藤』『猫の傀儡』『銀杏手ならい』『せき越えぬ』『六つの村を越えて髭をなびかせる者』『亥子ころころ』『首取物語』『うさぎ玉ほろほろ』『わかれ縁』、「善人長屋」シリーズなど。

恐れは呪いとなりて人を縛り
人は逃れんがために神にすがる
社を設け　堂を建て　形代が前に額衝かん
なれど　人を救うは神にあらず
恐れを払うは畏れにあらず
虞すなわち慮りこそが　唯一恐れを遠ざけん

＊＊＊

——こんな馬鹿なことがあるものか！
畦道を行きながら、駒三はただそれだけを胸の中でくり返した。
肩を怒らせ、目をぎらぎらさせて、雪に埋もれた田畑を親の仇のようににらみつける。

家には女房と娘が待っていたが、その粗末な藁葺(わらぶき)屋根も素通りし、ただずんずんと足を前にはこぶ。隣の家を行き過ぎたとき、呼び止める声があった。

「おおい、駒三。どこへ行くだぁ。庄屋さんとこの寄合(よりあい)は済んだのかぁ」

隣の家の幼なじみの、金次(きんじ)だった。家の前から呼ばわっているが、腹に力が入らぬのだろう。たちまち風にちぎれてしまいそうな、か細い声だ。

「うるせえ！　庄屋だの寄合だの、おれの前で二度と口にするな！」

雪を巻き上げて吹く風を、斬(き)り裂かんばかりの勢いで怒鳴った。金次はぽかりと口をあけ、その間抜けな顔をひとたびにらみつけると、駒三はまたずんずんと先へ行く。

「駒三、その先は鬼神(おにがみ)さまの杜(もり)だぞ。もうすぐ日暮れだ、近づくと祟(たた)られるぞぉ」

「そんなことは承知の上よ。おれはこれから、祟られに行くんだ！」

「何だって、きこえんぞぉ」

金次の声は、だいぶ遠くなっている。駒三は足を止め、くるりとふり返ると、あらん限りの声で叫んだ。

「おれは今日から鬼になる！　鬼になってこの郷中(さとじゅう)を暴れまわってやるからな！」

また踵(きびす)を返し、鬱蒼(うっそう)と茂った林を目指した。

金次からの返事は届かなかった。

昼なお暗い雫井の杜は、夕方ともなれば足許さえ覚束ない。だが、子供の頃から馴染んだ駒三は、目をつぶっていても歩くことができる。しばらく行くと道の先がひらけ、その真ん中に堂があった。

雫井神社は、この雫井の郷でただひとつの社だ。けれど誰もその名で呼ぶ者はいない。鳥居はなく、御神体をはばかって建てられることがなかったときく。

神主もおらず、いつ来てもここだけ人里と切り離されてでもいるように、ひっそりかんとしている。それでも郷の者が手入れを欠かさぬから、堂はきれいに浄められ、供物が途切れることもなかった。

しかしいまは、誰もそんな余裕がないのだろう。郷でいちばん背丈がある駒三よりも、わずかに大きな堂は、雪にすっぽりと埋もれたまま寒そうに凍えていた。

駒三は堂を掘り起こすようにして雪をどかし、首に巻いていた手拭でざっと払った。

堂の扉は、ぴたりと閉じられている。その前に両膝をつき、手を合わせた。

「鬼神さま、お願いしやす。どうかおれを、鬼神さまと同じ鬼にして下せえ」

目をつぶり頭を垂れて、一心に祈った。

「おふくを守るには、もうそれしかねえんです。お願いです。お願いします」

雪の冷たさが薄い木綿を通して、肉の削げた両膝に忍びよる。膝が凍えて感じがしなくなっても、ただひたすらに祈り続けた。

どれくらいそうしていたろうか、ふいに背中で声がした。

「どうして、鬼になりてんだ」

ひどく幼い声だった。ふり向くと、三人の子供が立っていた。

人の気配も足音も、まるでしなかったはずだ。いったいいつのまに、と駒三は、しきりに目をしばたたかせた。

この辺では見かけたことがない子供たちだ。ばさばさの髪は肩まで下がり、夏から一足とびに駆けてきたように、この寒空に裾の短い着物一枚の格好だった。

だが、ここ数年は、こんな身なりは雫井の郷でもめずらしくはなくなった。皆、食べるのに精一杯で、とても身なりなど構ってはいられないからだ。

おそらく同様に食いはぐれ、どこかから流れてきた子供だろうと駒三は了見した。

「おまえたちは、兄弟か？　どこから来たんだ」

曇天でわからないが、そろそろ日没の時分だ。辺りはいっそう暗さを増していたが、辛うじて顔が見分けられる。

広い額が前に突き出して、そのためにひどく奇妙な顔つきに見える。風体と額だけは三人ともに似ていたが、よく見ると顔の造作はまるで違う。右の子は耳だけがにょっきりととび出しており、左の子は目ばかりぎょろりとして、まん中の子供は、やたらと口が大きい。

その大きな口が、ぱかりと開いて言った。

「わしらは過去見だ。過去見の鬼だ」

かこみという耳慣れぬ言葉は素通りし、「鬼」だけが駒三の頭に残った。

子供の戯言だと疑うことさえせず、駒三は嚙みつくような勢いで身を乗り出した。

「鬼神さまか……この杜におられる、鬼神さまでございますか！」

「鬼神じゃね。過去見の鬼だ」と、素っ気なく大口が告げる。

「このお社にいらっしゃる、鬼神さまではないのか？」

「ここには鬼神なぞいね」

「そんなはずはない！」

駒三は思わず立ち上がった。からだがぐらりと傾きそうになったのは、凍えて痺れた足のせいではない。力の入らない膝を両手で支え、まん中の大口の子供に顔を近寄せる。

「この雫井の郷には、鬼神さまの言い伝えがある。千年も前の話だそうだが、たしかに鬼が出て、凶作に喘ぐこの郷を、救ってくださったと伝えられている」

鳥居を立てぬのも、もともと神ではない鬼神さまが厭うからだ。神主を置かぬのも、鬼神さまの眠りを妨げぬためだ。雫井の郷をふたたび助けに来てくれるまで、この堂の下で鬼神さまは眠り続けている。

この郷の者なら誰もが知っている伝説を、駒三は子供に語りきかせた。

「ただの夢物語とは違う。この堂にはたしかに、御神体の鬼の腕が祀られているからな」

「鬼の腕？」と、大口は駒三を仰いだ。

「そうだ。この鬼神神社に祀られているのは、隻腕の鬼だ」

雫井の郷を守ってくれたときに、鬼は右腕を斬られた。千年前の雫井の民は、それを有難がって、御神体としてその腕をここに安置した。

駒三が語り終えると、大口はひどく考え深げな顔をした。そして傍らの目の大きな子供の肩に手をかけて、その向きをくるりと堂の方に変えた。

さっきから、大口より他のふたりは、ひと言もしゃべらない。生きていることさえ危ぶまれるように、ぼんやりとうなだれたままだ。

「そっちのふたりは、大丈夫か。ひどく加減が悪そうだが」

駒三が心配そうに覗き込むと、ああ、と大口は薄い笑いを見せた。よく見れば大口の子も、やはりげっそりと疲れた顔をしている。

「案じることはね。ただの旅疲れだ。ここまでずいぶん長い旅をしてきたからな。けれど、それももうすぐ終わる」

言って子供は、ふたたび目の大きな子供の肩に手を置いて、そのからだを元に戻した。

「やっぱりこの堂には鬼などいね。中にあるのは、造り物の腕だ」

「そんな馬鹿な！」

「いま、こいつが見たから間違いはね」

天眼通でもあるのだろうか。鬼と名乗る子供は、きっぱりと告げた。

「……やっぱり、ただの昔話に過ぎなかったのか。鬼神さまは、雫井を救うては下さらんのか。おふくを助けることは、できねえってのか」

今度こそからだ中から力が抜けて、駒三は地面にぺたりと座り込んだ。

しかし子供は、意外なことを口にした。

「その鬼神とやらが嘘か真か、確かめればいいでねえか」

「確かめる？」

「言ったろ、わしらは過去見だ。おまえに過去世を見せにきた」

駒三は、子供の言ったことを、口の中でころがしてみた。

「過去世を、見られる……それなら、鬼神さまが出た千年前も見られるのか！」

「わしらは過去見の鬼だからな。千年でも万年でも、ひとっとびだ」

「頼む！　おれに鬼神さまを見せてくれ！　千年前に連れていってくれ！」

駒三は、雪の地面をにじり寄り、小さな鬼に頼み込んだ。

「千年前に行けるわけじゃねんだが、まあいいか。似たようなものだ」

大口はにかりとしたが、すぐに申し訳なさそうに頭をかいた。

「すまね。何か食わしてはもらえんか。日頃は人の食いものは口にしねんだが、過去見の術を使うときだけ、弾みをつけねばならね」

そのために必要だと、小鬼はふたりの仲間をふり向いた。しかし駒三は、がくりと肩を落とした。

「すまん……食いものは、ない」

「握り飯ひとつでもいい。何かねえか？」

「握り飯なぞ、おれたちはもう何年も食ってねえ。この郷にはもう、ひと粒の米もない。麦や稗さえ、冬を越すには足りねえんだ」

小鬼はびっくりしたように、大きな口の上の小さな目を広げた。

「三年も続くなんて、こんなひどい凶作は初めてだ。もう、次の春に蒔く種籾さえ、残ってねえ」

この北国では、たびたび凶作に見舞われる。その大本は、夏の寒さのせいだった。太陽が何日も顔を出さず、そして何より厄介なのは北東の風だ。この冷たい風が、稲をみんな駄目にする。

しかしそれが三年も打ち続くなぞ、まさに何かの祟りとしか思えぬような天災だった。

飢饉はまたたく間に広がって、国中が米不足に喘いでいるときく。しかしこの雫井の郷は、もっとも飢饉の害がひどい在のひとつだ。駒三の両親も、去年の冬が越えられず、相次いで亡くなった。郷中がこれほど飢えているというのに、例年の四分ほどしかとれぬ米は、ほとんど年貢にとられてしまった。

それだけでも腸が煮えくり返る思いがしたが、郷の顔役たちは、さらにとんでもないことを言い出した。死んだ父親がやはり顔役のひとりだったから、駒三も今日の寄合に顔を出した。そのときの庄屋の言葉を思い出し、ぎりと音がするほどに歯を食いしばった。

「このままでは、村中の者がのたれ死ぬ。何か手を打たねばならないと、庄屋は言った。もう一揆を起こすしかないと、おれはまず訴えた」

「いっきって何だ？」

「郷の者皆で立ち上がり、米を返せと代官所に迫るんだ」

「そこには米があるのか？」

「ある。今年もお天道さまがおかしくて、年貢を納めてすぐに大雪が降った。だから年貢でさし出した米は、まだ江戸に運ばれてねえ。代官所の蔵には、米俵があるはずなんだ」

しかし誰も、駒三に賛同する者はいなかった。三年続いた飢饉は、郷の者の生気を根こそぎ奪いとっていた。誰もが武器を手にするどころか、声を上げる元気さえないのだ。

そしてあろうことか、その代わりに耳を疑う策を持ち出した。

「あいつらは、働き手にならねえ年寄りと子供を、山に捨てろと言ったんだぞ！」

それまで疲れたようすで、どこか生気に欠けていた小鬼が、頬を叩かれでもしたようにはっとなった。

「おふくは、おれの娘は……去年生まれたばかりなんだ。十二年も待って、やっとできた娘を、捨てられるはずがねえだろうが！」

　ずっと子宝に恵まれなくて、諦めていた矢先にようやく授かった。駒三夫婦にとってはまさに宝だ。それをとり上げれば、女房も生きてはいないだろう。それでも顔役のひとりとして、郷の決め事を違えるわけにはいかない。駒三は腹立ち紛れに寄合衆を面罵して、庄屋の家をとび出した。

　どこにも持って行き場のない怒りを持てあまし、この鬼神神社まで引きずってきた。娘を死なすくらいなら、己が鬼になる方がまだましだ。どうか鬼に変えてほしいと、ただただそう願った。

　駒三の声が絶えると、妙に森閑とした静けさが覆った。やがて小鬼が、ぽつりと言った。

「本当に、千年経っても何も変わらね。民はやっぱり、同じことで苦しんでんだな」

　何の話かは駒三にはわからなかったが、驚いたことに、小鬼は大きく洟をすすった。

「鬼も、泣くのか？」

「もとは、泣いたりしなかった。わしらのからだには、涙なぞねえと思ってた」

　駒三が、半ば不思議な思いでながめていると、小鬼はごしごしと目を袖で拭った。

「仕方ね。食いものはおれがどうにかする」

「どうにかって……雪を舐めるくらいしかできねえぞ」駒三は言ったが、

「わしらはもともと、草木の精を吸う鬼だ。木ならここにいくらでもある」

小鬼は堂のまわりの木立を、ぐるりと見渡した。辺りはすっかり暗くなり、月も出てはいなかったが、灯りに乏しい土地で育ったから、駒三もそこそこ夜目はきく。

木が倒れても堂を潰さぬよう、広く拓いた土地の中程に堂は建てられた。堂の背後を守るように、ひときわ立派な杉の木がすっくと立っていて、小鬼は堂をまわってその木のところへ行った。

太い幹に、両手と額を当てる。かくれんぼで十数えている子供のようだが、木に向かって一心に祈っているようにも見える。

やがて駒三のところに戻ってきた小鬼は、本当に何かを食べてでもいるように口の中をもぐもぐさせていた。そしてちょうど握り飯ほどの、丸いものをふたつ両手の上に吐き出した。濃い緑色の、苔のかたまりのような代物だ。はっきりとそう見えたのは、暗い洞窟の中の光苔のように、その玉が淡い光を発していたからだ。

「ほれ、食え」

ふたり並んだ仲間の口許に、苔玉をそれぞれ持っていく。大口は「食え」と言ったが、まるで吸い込まれるようにして、それは大耳と大眼の口の中に消えた。

とたんにうつむいていたふたりが、ぱっと同時に顔を上げた。

「わしらは過去見だ」

「過去見の鬼じゃ」

「それはもう言った」と、大口が苦言を呈する。「あとは千年分とんで、過去世を見せるだけだ」

「千年は遠いな。うんと遠くへとばねえと」

右の子供が大きな耳をぴくりとさせ、

「うん、千年は遠い。うんと遠くからながめねえと」

左の方は目玉をくるりと回した。

「文句を言うな。行くぞ」

大口はそう促（うなが）したが、ふたりはじいっと駒三を見上げるばかりだ。

「誰だ？」と大耳がたずね、

「知らね、誰だ？」と大眼も続く。

「あ、名をたずねるのを忘れてた」大口が大きな口をあけた。

駒三が改めて名乗ると、並んだ三人が一緒に首をうなずかせた。

「駒三、念じろ」

「駒三の見たい過去世を念じろ」

「この郷に鬼が出た、千年前のその日その時を見たいと念じろ」

小鬼が右から左へそう叫び、駒三は額の前で、ぱん、と両手を合わせた。

——頼む。鬼神さまを見せてくれ。この郷を救ってくれた、隻腕の鬼をおれに拝ませてくれ！

胸の内でそう乞うたとき、ふり上げた鍬が硬いものにぶつかったような、きん、と高い音が耳に届いた。足の下の雪が、急に嵩を増したように、ふいに足許が覚束なくなる。

必死に堪えていると、「着いたぞ、駒三」と声がした。

おそるおそる目を開けると、鬼神の堂も林も一切が消えて、ただ真っ暗な闇の中に、駒三は放り出されていた。

「おい……どこだ、過去見の鬼……どこにいる？」

己の声が、震えている。月のない真夜中よりまだ暗い。底なしの深淵は、思いのほか駒三に恐怖を与えた。

「駒三、わしらはここじゃ」

声のする方をふり返ると、三人の小鬼は、駒三のすぐ傍らに立っていた。

「あれが、鬼神さまだと？」

大眼が示す指の先に目を凝らすと、やがて黒い霞を払ったように闇が薄れた。まるで丸い大鏡から外を覗いているかのようだが、そこに映し出されていたのは意外なものだった。

「あれは……おれたちと同じ、ただの百姓でねえか」

鬼でもなければ、両腕もちゃんとある。拍子抜けする思いで、駒三はぽかりと口をあけた。

「おめえたちの、思い違いじゃねえのか」

いや、と大口は、ひどく真剣な面持ちで、鏡の中の男に目を据える。

男は駒三と同じ歳格好で、他の者より頭ひとつ抜きん出た上背も、やはり似ているように思えた。

「間違いなんぞじゃね。あの男は、身内に鬼の芽を宿してる」

「鬼の芽？　いったい、何のことだ」

「無垢な心のままに罪を犯すと、ときに鬼の芽を生じる。天女さまはそう言っていた」

思わず、娘のおふくが駒三の頭に浮かんだ。

「無垢な者なら、罪なぞ犯しようがねえんじゃねえか？」

「おれにも、そこはよくわからね」

鬼と人では、善悪の判断が違うのだと小鬼は言った。

「ただ、あの男に鬼の芽があるなら、おそらくはもっと若い頃に、己が罪だと思える何かを犯したんだ」

小鬼が語るあいだにも、大鏡の中の時は、するすると流れていく。身なりや暮らしぶりは昔のものなのだろうが、そこに映る雫井の郷は、まさに鏡で写しとったように、いまの有様と酷似していた。

打ち続く飢饉、飢え衰える百姓たち。男の子供たちは、次々と弱り果て死んでゆく。子の亡骸を抱え、茫然とする男のもとに、郷の者たちがやってくる。いまの百姓は、鍬と鋤しか持たせてはもらえないが、千年前はそうではなかったようだ。誰もがその手に、粗末な刀や槍を握っている。そして男が手にしたのは、大きな斧だった。

一揆を起こすつもりなのだろう。大勢の郷の男たちが、ぞろぞろと畦道を行く。その中ほどにあの男が見えて、駒三は思わずごくりと唾を呑んだ。その頃にはすでに、男の顔つきが変わっていた。

まわりの誰もが、肩を怒らせ目を血走らせている。なのにその男だけは、うっすらと笑っているのだった。底なしに昏い瞳と、いまにも大声で笑い出しそうなほどに広がった口許が、どうにもちぐはぐで、得体の知れない恐怖が、駒三の背にぞくりぞくりと走る。

やがて領主の屋敷に辿り着くと、その門前で、男たちはいっせいに騒ぎ立てた。過去見の術では、音は届かぬようだ。しかしきこえずとも、百姓たちの怒声は駒三の耳許ではっきりとこだました。

姿はいまとだいぶ違うが、おそらくは侍のたぐいだろう。屋敷を守る番方がすぐさま駆けつけ、追い返そうと脅しにかかる。そのとき百姓のかたまりを割って、あの男が前に出た。

ずいと一歩踏み出して、右手の斧がふり上がる。寸分の躊躇も迷いもなかった。相手が刀を構える間もなく、男の斧はその眉間を割っていた。大量の血しぶきが、赤い雨のように降り注ぎ、斧を握った男の顔を真っ赤に濡らす。その口許は、さっきよりさらに大きく横に裂けている。

あまりに凄惨な光景に、番方はもちろん郷の者たちも、目と口をぽっかりとあけている。額を割られた侍が、仰向けに倒れ伏すのも待たず、男の斧はふたたびふり上げられた。

音は届いていないのに、右に左に打ちふられる斧の唸りがきこえるようだ。その狂気に満ちた姿は、誰をも震え上がらせた。及び腰で後ずさり、あるいは逃げ出そうとする番衆の首や背に、容赦なく斧が叩きつけられる。そればかりではなかった。番方が片付くと、男はゆっくりと後ろをふり向いた。

頭から血の滝を浴びたように、顔も着物もべったりと赤い飛沫に彩られ、髪の先からは、ぽたぽたと雫がしたたり落ちる。その凄まじい姿に、身の危うさを感じたのだろう。仲間であった百姓たちが、蜘蛛の子を散らすようにたちまち逃げ出した。しかし前にいた男ふたりがまにあわず、やはり男の手にかかり背を裂かれた。

「……これが、鬼神さまだというのか……」

先刻から、からだの震えが止まらない。どうにかそれだけ絞り出した。

「神なんぞじゃね。人鬼だ」

「ひと、おに？」と、大口の子供をふり返る。

「鬼の芽が弾けると、人は鬼に変じる。それが人鬼だ。ほら、額のところにその証しがある」

言われて駒三は、目を凝らした。郷の者たちが消え失せると、男はまた向きを変え、今度は閉ざされた門扉に斧をふり下ろした。その横顔に、あっ、と駒三は声をあげた。

「角だ……あいつの額に、角が生えている」

男の両の眉の上辺りから、二本の角が突き出して、上に向かってゆるく弧を描いている。

「額の二本の角は、人鬼の印だ。わしらのような鬼とは、まるきり違う別のものだ。ただ人だけを憎み呪い、見境なく命を奪う。古から人に仇をなし、恐れられてきた鬼は、すべてあの人鬼だ」

人を食らう悪鬼を、羅刹という。いつだったか雫井寺の慈泉和尚からそうきいた。ほんの数刻前まで、たしかに己と同じただの百姓だった男は、いまやその羅刹に変化していた。

鬼となった男は、すでに門を破り、塀の内へと踏み込んでいた。そして屋敷の庭には、さらに多くの番衆が待ち構えていた。三人が束になっていっせいに斬りかかったが、血まみれの斧がこれを退ける。しかしそのとき、背後から大柄な影が迫った。

身の丈も目方も、とび抜けて大きな巨漢だった。その番方の大太刀が、斧をふり上げた腕へと走る。刀の技に、すぐれた者に違いない。斧と一緒にその右腕が、まるで切った大根のごとくからだから離れ、地面にごろりところがった。

やった！　周囲の番衆の快哉が、きこえるようだ。しかし斬られた男は、驚くことも叫ぶこともない。肩と肘のまん中辺りから、びゅうびゅうと血を噴き出しながら、ただ黙って落ちた己の腕をながめている。そしてやおら腰を屈めると残った左腕を伸ばし、開いた右手の上にある斧をむんずとつかんだ。

先程の巨漢が、あわてて二度目の太刀を見舞おうとしたが、わずかに遅かった。大きく横に弧を描いた斧は、その逞しい胴を、上下に斬り離していた。びっくりした顔のまま、上の半身はどさりと落ちて、切り口からはまるで、噴泉のように盛大に血が噴き上げる。

目の前にいる者は、すでに人ではないと、今度こそ番衆たちは理解したようだ。顔色を変えて、屋敷の内へ、あるいは塀の外へと一目散に逃げを打つ。

鬼はいっこうに気にするふうもなく、縁から屋敷に上がり、ずんずんと奥へと入っていく。屋敷の内でも、出会い頭に斬りつけられたり、正気を失った者が突っかかってきたりと、鬼のからだの傷はどんどん増えていく。だがそれすら頓着することもなく、前に塞がる邪魔者をどかし、奥へと進む。

「……鬼とは、不死身なのか。痛みすら、感じねえのか？」

「あいつの魂は、根こそぎ鬼の芽に食われちまった。魂がねえと痛みも感じねえし、人のからだのままで、あんな馬鹿みてえな力が出る」

「人のからだのままだと？　まさか……」

「からだはただ人と同じだ。我を忘れて、一生分の力を一気に使っちまうようなもんだ」

「火事場の馬鹿力ということか？」

「よくわからんが、たぶんそれだ。だから決して不死身なんぞじゃね」

「だが……現にあの男の額には、角があるじゃねえか」

「あの場の誰にも、あの角は見えてね。ただ人には見えねんだ」

稀にひどく勘のいい者の目には映ることがあり、あるいは法師や修験者など、修行を積んだ者たちも同様だと、大きな口で小鬼は説いた。絵草紙や物語にある鬼も、そのような者たちが残したものかもしれないと、ふと駒三は考えた。

「おれに見えるのは、おまえたちの神通力のためか？」

違う、と子供のような鬼は、痛ましそうに駒三を仰いだ。

「駒三にあの角が見えるのは、駒三の中にも鬼の芽があるからだ」

え、と口をあいたきり、一瞬ぼんやりした。意味を悟ったとたん、ふいにからだを突き抜けた恐怖に、駒三は慄いた。

「おれの中に、鬼の芽が……あのような化物に変じる種が、眠っているというのか？

まさか、そんな……」

「本当だ。わしらの姿が見えることが、何よりの証しだ。ただ人なら、決して見えぬはずだ」

そのときだけは、しばし大きな口を閉じ、小鬼は痛ましげな眼差しを向けた。

「前世からの鬼の芽だ。駒三は悪くね。けど、このままでいたら、駒三の鬼の芽もほどなく弾ける」

娘や女房を失えば、その怒りや悲しみで、きっと鬼の芽は弾け、駒三の魂を呑み込んでしまう。過去見の鬼は、そうも言った。

「どうすればいい……どうしたらおれは、人のままでいられる？　おふくも女房も、何もかも諦めればいいのか」

「どうしたらいいかは、おれにもわからね。けど諦めてはいけね。それだけはわかる」

諦めて投げやりになった魂は、鬼の芽にとっては格好の餌だ。いっそう楽に食われてしまうという。

駒三は己の着物の胸の辺りを、ぎゅっとつかんだ。

そこにある鬼の芽が、どくん、といまにも脈打つのではないか。そんな不安が込み上げて、駒三の背を冷たい汗がたらりと流れる。

「鬼の芽の力は、それぱかりではねんだ」

追い打ちをかけるように、小鬼の声が響いた。芽吹いた鬼の芽は、次の新たな諍いの種を蒔く。怨みが次の争いの火種となり、報復の連鎖はどこまでも続き、乱を呼び、いずれは戦を招く。長い長いあいだ、途方もない人死にを出し続ける。

鬼の子供の言い草が、決して大げさではないことは、駒三にもわかる。屋敷に住まう領主や家臣にも、縁者はいよう。残った雫井の民に、その矛先を向けようとする者が必ずいる。害を被るのは、おそらく雫井だけに留まらない。周辺の領主が疑心暗鬼にとりつかれ、領民への締めつけを厳しくし、逆に小作の怨みを買うかもしれない。いまの雫井には、決して蒔いてはいけない種だ。巻き込まれるのは鬼と化す自身ではなく、可愛いおふくや女房だ。

何故、鬼神神社が建てられたか。駒三はようやく合点がいく思いがした。

多くの血が流れた後に、その者たちの霊を弔うために、あの堂は建てられたのだろう。造り物の鬼の腕を拵えて御神体とし、鬼を神とあがめたのも、二度とこの世に現れぬようにとの願いを込めてのことだ。

「同じ過ちだけは、二度と犯しちゃならねえ。千年分の郷の者の祈りが無駄になる」

知らずに、呟いていた。

大鏡の中の鬼は、ついに屋敷のもっとも奥深い場所に辿り着いた。領主か豪族か、屋敷の主は腰を抜かし、必死で命乞いをしているようだ。しかし人鬼は、やはりためらうことなく斧を振るった。屋敷の主が血だまりに倒れ伏し、それと同時に人鬼も動きを止めた。

総身を赤黒い血で染め上げ、仰向けに倒れたその姿は、隻腕の鬼そのものだった。

*

気づけば、もとの雫井神社の前に戻っていて、三人の小鬼の姿はなかった。

茫然自失の体で家に戻り、駒三はその夜、ひと晩中寝ずに考えた。そうして朝になると、雫井の二里先にある町で、荷をあつかう店の者にあることを確かめた。

郷に帰った駒三は、まず隣の家の金次を訪ねた。

「馬鹿なことを抜かすな。おれがおめえに、そんなひでえ真似できるはずがなかろうが！」

駒三の話をきくと、金次はだいぶ頰のへこんだ丸顔を、真っ赤にして怒鳴りつけた。

「雪がやんで三日経った。蔵にある米は、明日の昼前には代官所を出ると、町に行って確かめてきた。もう考えている暇はねえんだ。おまえだって、ふた親と末の息子を、見殺しにはできんだろう」

金次がさすがに顔を曇らせる。他には手がないと、駒三は根気よくこの幼なじみに説いた。

「頼む。おまえより他に、頼める者がいねえんだ。雫井寺の慈泉和尚には、これから話をつけてくる。住職の呼び出しとあらば、誰も袖にはできねえはずだ」

なおも渋る金次をどうにか説き伏せ、それが済むと、鬼神神社とは反対の方角にある、雫井寺へと足を向けた。

駒三とそう歳の変わらない住職も、やはり最初は止め立てした。しかし駒三が、亡くなった祖父や父からきいたと称して、鬼神伝説の真相を語ると、その顔つきが変わった。

「あの雫井の杜に、そのような恐ろしき真があったとは……」

慈泉和尚は、五年ほど前にこの雫井の寺に遣わされた。若い頃に学問を修めたらしく、医術の心得もある。郷の者の病や怪我を看て、手ずから拵えた薬を与える。年月が浅いにもかかわらず、郷人から敬われていたのもそれ故だった。

「一家三人で郷を抜けるのが何よりだと、そうも考えました。だけどおれは、先祖代々大事にしてきたこの郷を、見捨てるのは嫌なんだ」

いまや飢饉は、国中を呑み込んでいる。郷を出ても、食いものにありつけるとは限らない。たとえ我が子が生き延びても、金次の両親や末の子供をはじめ、郷中の弱い者が犠牲になる。郷の顔役のひとりとして、駒三はそれだけは避けたかった。

「わかった。わしもおまえと同じ考えだ。おまえの言うとおり、拙僧が郷の者たちを集めよう」

慈泉は承知して、怪我人が出るなら、晒や傷薬も持って行こうと言ってくれた。

そして翌朝の日の出前、慈泉和尚の呼びかけで、郷中の主だった男たちが鬼神神社に集められた。

「声をかけたのが慈泉さまなのに、どうして寺ではなく、鬼神さまの杜なんだ?」

誰もが不思議そうな顔を寄せ合い、ひそひそとささやき合う。

「庄屋もわけは知らぬというし、この真冬に、鎌や鍬をどこで使うんだ」

やはり慈泉からの達しで、男たちはそれぞれ農具を手にしている。

「皆には足労をかけて済まなかった。まずはこの駒三の話を、きいてやってほしい」

慈泉に促され、駒三が前に進み出た。金次はいまにも泣き出しそうな顔で、幼なじみを見守っている。駒三は短い挨拶の後に、こう切り出した。

「まずは皆に、知ってもらいたいことがある。一昨日、庄屋さまのところで寄合があった」

姥捨て子捨ての話は、まだ郷の者には触れられていない。ぎょっとする庄屋の前で、駒三はその仔細を述べた。たちまち蜂の巣をついたような騒ぎとなり、庄屋と五人の顔役を責める声がとび交った。慈泉があいだに入り、どうにか罵声の渦を鎮めると、駒三はまた口を開いた。

「親や子を捨てたくねえのは、誰しも同じだ。そんな非道を働くくらいなら、もうひとつ別の手を打ってみねえか。代官所の蔵にある米を、おれたちの手にとり戻すんだ」

皆が一様にはっとして、その顔のまま固まった。

「いかん、一揆を起こせば、郷中が大きな咎めをこうむるぞ」

いのいちばんに咎めを受けるであろう、庄屋がまず顔色を変えた。縄を打たれるばかりでなく、怪我人や死人も出るかもしれない。郷にとっては何の利もないと懸命に説く。

「庄屋さま、勘違いするな。わしらは米を奪いに行くんじゃねえ。返してほしいと頼みに行くんだ」

「頼んだところで、連中がはいそうですかと、応じるはずがなかろうが」

集まった中のひとりが、きつい口調で駒三に詰め寄った。

「だからわしらは、鬼神さまを連れて行く」

「この堂にある御神体を、持って行こうというのか！」

そうではないと、駒三は首を横にふった。

「千年も経ってるんだ。御神体の霊験も、いい加減失せている。わしらは新たな隻腕の鬼とともに、お代官に話をつけに行くんだ」

駒三はぐるりと周囲を見渡して、幼なじみの顔の上で視線を止めた。

「金次、頼む」

呼ばれた金次が、びくりと身を弾ませる。おずおずと前に進み出た金次は、両手に長柄の斧を握りしめている。

駒三は、堂から少し離れたところにある、木の切株の傍らにあぐらをかいた。だいぶ前に大風で折れた杉の根をそのまま残し、表面だけ平らに削ったものだ。

駒三は着物の袖をめくり、切株の上に己の右腕を長く伸ばした。

「金次、やってくれ」

斧を手に切株の前に来たものの、どうしても決心がつかないようだ。金次は無闇に首をふり、ぎゅっとつむった目尻から、ぼろぼろと涙をこぼす。

「駒三、金次、おめえたち、何するつもりだ」

皆がざわつきはじめたが、駒三はただ、幼友達の顔だけをしっかと見詰めた。

「金次、頼む。もう時がねえ」

荒い息を大きく吐きながら、それでも金次はようやく決心がついたようだ。顎をがくがくさせながら、いく度もうなずいた。両手に握った斧を、真上に高くふり上げる。

駒三は己の右腕から顔をそむけ、目をきつくつむった。

「金次！　やめろ！」誰かが鋭く叫んだが、

「南無三」金次は口の中で呟いて、切株目がけてまっすぐに斧をふり下ろした。

舌を噛みそうな衝撃が上腕に走り、一瞬、めまいがした。焼けつくような凄まじい痛みは、それより一拍遅れて訪れた。あまりの痛みに、叫ぶことはおろか、息さえ整わない。

このまま殺してくれと、いまにも弱音が口からとび出しそうになったが、

「しっかりしろ。いま傷を塞ぐからな」

傍らに来てくれた慈泉和尚のおかげで、どうにか正気をとり戻した。

「駒三、すまね……痛えか？　痛えよな」

金次は切株の前に座り込み、ただおろおろしている。その頬に点々と血の跡がついていた。それでも思ったより血は出なかったようだ。駒三は改めて、切株の上のものをながめた。

さっきまで自在に動いていた己の腕が、そこにあるのがどうしても信じられない。それこそどこか、造り物めいて見える。

この腕は、顔を洗い飯を食い、鍬を握り米俵を担ぎ、女房に手をふり、おふくを抱き上げた。そこで初めて、胸がちぎれるほどの後悔に襲われたが、もう後戻りはできない。

慈泉が傷の手当てを済ませると、その肩を借りて、駒三はゆらりと立ち上がった。頭がくらくらし、たちまち猛烈な吐き気に襲われた。崩れそうになる足腰を踏ん張りながら、いまだけはあの千年前の男のような、鬼の力が欲しいと願った。

「駒三、おまえ、本当に気でもふれたのか」

庄屋は恐ろしげな目を向けて、背後にいる者たちも誰もが青ざめた顔を強張らせている。

「言ったろう、新たな鬼を連れていくと。この腕が、わしらの覚悟だ」

それ以上、しゃべることさえ苦痛だった。察した金次が、駒三の前に背を向けてひざまずいた。

「駒三、乗れ。おれが代官所まで連れて行く」

素直にその背にからだを預けると、その傍らで慈泉が、切株の上に手をかけた。両手で腕を押しいただき、用意してきた三方に載せる。駒三を背負った金次が、声を張った。

「皆、行こう。わしらには、隻腕の鬼神さまがついている」

金次の言葉に、皆は夢から覚めたように互いに顔を見合わせた。その瞳に、同じ光が宿っているのを確かめて深くうなずく。

力強い鬨(とき)の声が、鬼神の杜を揺らすように響き渡った。


代官所は、雫井の郷から東へ二里、町からも少し外れた場所にある。

日の出過ぎからこの門を、いくつもの空の荷車が入っていき、蔵の米俵が次々と載せられた。一刻半が過ぎた頃、八台の荷車がいっぱいになり、壮年の代官は満足そうにうなずいた。

だが、そのとき、門番のひとりが血相を変えて走ってきた。

「大変です！　雫井の郷の者たちが、徒党を組んで門外を塞いでおります！」

ただちに配下の者たちを連れて駆けつけてみると、門番の言ったとおり、代官所の門の外に大勢が座り込んでいる。二百は下らぬ数は、雫井郷の働き手、ほぼすべてに匹敵する。

「何だと！」

「おまえたち、何のつもりだ。すぐに立ち去らぬと、厳しい咎めが下るぞ」

代官が頭ごなしに叱りつけると、先頭にいる真ん中の者が、名を名乗った。

駒三ときいて、去年顔役になったばかりの男だと、代官は気づいた。

頰がこけ、着物の合わせ目からは、浮き上がったあばらが見える。それだけなら他の者たちも同様だが、血の気の失せた顔が妙に白く、けれどこちらを見据える両の目だけが、ぎらぎらと熱を帯びていた。

男の前には、藍の布をかぶせられた三方があった。

「お願いです。わしらの米を返してくだせえ」

「馬鹿を申せ。いったん納めた年貢を、返せる道理がなかろうが」

「あの米がねえと、わしらは冬を越えられません。百を超す数の、人死にを出すことになる」

「おまえたちの辛苦は、よくわかっている。だが、苦しいのはどこも同じだ」

わかるはずがねえ！　後方から、鋭い野次がとび、そうだそうだと怒声が応じた。手にした鎌や鍬が、あちらこちらでふり上げられる。

「黙れ！　とにかく早うそこをどけ。ぐずぐずしておると、ひとり残らず引っ括るぞ！」

だが、代官の脅しにも、駒三は眉ひとつ動かさず、平べったい口調で重ねて言った。

「米は返してもらいます。お代官さまも、雫井の郷に伝わる鬼神伝説はご存知でしょう」

「それがどうした」

「伝説の隻腕の鬼が、ふたたび現れました。これをご覧ください」

駒三が、己の前の藍の覆いをとった。三方からはみ出したものは、一瞬、大根のように見えた。だが、それが人の腕だとわかったとき、代官の喉が、ひっ、と鳴った。

「鬼の右腕でございます」

駒三は厳かに告げたが、どう見ても人の腕だ。そのときようやく、代官は駒三の着物の右袖が、嵩をなくして肩から垂れ下がっていることに気がついた。

「これはもしや、おまえの腕か」

駒三は返事の代わりに、三方に載った己の腕をつかみ上げ、ゆらりと立ち上がった。

ずいと代官の鼻先に、それを突き出す。逆に顔から遠ざけるように、代官は一歩二歩と後退りした。

「米は返してもらいます」駒三は、そうくり返した。「でなければ、おれのような隻腕の鬼が、もっと増えることになります」

「どういうことだ」

「雫井郷の男たちが、すべておれに倣(なら)います」

代官がひとたび言葉を失い、茫然と駒三を見る。しかしすぐに、我に返った。

「そのような脅しを、真に受けるはずがなかろうが。腕を失って、誰より窮するのはおまえたちなのだからな」

「おれはやるぞ！」駒三の隣で声がして、金次がすっくと立ち上がった。「親や子を捨てて畜生(ちくしょう)になり下がるくれえなら、鬼の方がまだましだ。おれも隻腕の鬼になる！」

口先だけだと思おうとしても、言い放った男の目には、嘘も迷いも見えない。それだけではなかった。背後から大勢の声が、我も我もと金次に続く。

この連中は、本気なのかもしれない――。怖れに似た怯(おび)えが、代官の胸の内にむくむくと育ちはじめる。

「お役人、この隻腕の鬼は、千年前とは違う。人を殺(あや)めに来たのでも、米を奪いに来たのでもない。ただ、話し合いに来たんだ」

　金次とは逆の、駒三の隣から声がした。雫井寺の住職だった。

「もしも郷人の多くが腕を失えば、雫井の田畑は立ち行かなくなる。そうなれば、真っ先に責めを負うのは、代官たるあなたでありましょう」

「ご住職まで、わしを脅す気か」

「そうではない。一揆ではなく、話し合いで米を折半（せっぱん）したいと、申しているだけですよ」

「折半、とな」と、代官がじっと考え込んだ。「一分、二分くらいであれば……」

　そう口にすると、「七分です。米の七分をこちらに渡していただきます」駒三が毅然と応じた。

「七分も渡せるわけがなかろう。こちらが下手（したて）に出れば、調子づきおって」

「でで、ですが、すでに三年分もの年貢は、前渡ししております！」

　駒三の背の陰から、庄屋が顔を出した。代官に盾突くなど、さっきまで思いもしなかったのに、目の前の三人の話をきくうちに、ついことばが口を衝（つ）いたようだ。

「たった一年でいいのです。七分だけ年貢納めを、遅らせてください。このひと冬だけ凌（しの）げれば、次の秋には持ちなおすかもしれません」

庄屋が必死で訴え、背後の男たちからは、同じ訴えとともに、きき入れてもらえねば一揆より手はないと、物騒な声もしきりに上がる。

落ちた右腕をまっすぐに突き出して、ふたたび駒三が歩を進めた。

「七分の米は返してもらいます。責めはすべて、この隻腕の鬼が負います」

すでに血の気が失せた青白い腕を、鼻先にぶら下げられて、代官の喉仏が上下した。

年貢がとれなければ能なしと嘲られ、おそらくは役目替えの上、己の出世の道も閉ざされる。だが、慈泉が言ったとおり、一揆はさらにまずい。しかもその景気づけに、百姓が自ら腕を斬り落としたとなれば、格好の噂の種になる。領内はむろんのこと、江戸表まで届くやもしれず、そうなれば己は一生笑い物だ。

迷いを色濃く残しながらも、代官はついに決断した。

「わかった。七分の米は、一年だけ貸すことにする。それでよかろう。そこにある俵を、荷車ごと持って行くがいい」

たちまち大きな歓声が上がり、代官への礼もそこそこに、敷地の内になだれ込む。

金次も喜び勇んで大八車へと駆けていき、住職と庄屋は、笑顔を寄せ合う。

荷車の邪魔にならぬよう、駒三はゆっくりと端に寄った。

気を抜いたとたん、傷の痛みがぶり返し、また吐き気におそわれたが、

「よくやったな、駒三。立派だったぞ」労るような声がした。

　気がつくと、目の前に過去見の鬼がいた。

「他のふたりは、どうした？」

　辺りを目で探したが、見えるのは大口の子供だけだ。

「あいつらはくたびれちまってな。なにせ千年分もとんだからな」

　無理をさせたかと詫びを入れると、小鬼は駒三を見上げて顔いっぱいの笑顔になった。

「気にすることはね。人のまま鬼になるなんて、思いもしなかった。駒三は知恵者だ」

　手放しで褒めていたが、駒三の左手に握られて、ぶらりと垂れた右腕に目をとめると、気の毒そうに表情を陰らせた。

「けど、片腕では百姓はできぬだろ。これからどうするんだ」

　田畑は金次の弟に任せ、己は慈泉和尚の手伝いをすることになった。そう明かすと、そうか、と小鬼はまたにこにこする。その笑顔に釣られるように、駒三も歯を見せた。

　とたんに目の前から、小鬼の姿がかき消えた。

「おい、過去見、どこへ行った」きょろきょろと首を巡らせる。

「おまえの前にちゃんといる。駒三の目に、映らなくなっただけだ。良かったな、駒三、おまえのからだから、鬼の芽がとれたんだ」

過去見の声だけが耳に届き、え、と駒三が仰天した。

「本当か？　本当に鬼の芽がとれたのか？」

しつこいくらいに確かめて、鬼の芽はもう己の手の中だと、小鬼はしかと請け合った。

「駒三、片腕では不自由だろうが、達者で暮らせ。少しでも長生きできるよう、土産を置いた。おれの拵えた傷薬だ」

それきり過去見の声はしなくなった。足許にあるものを拾い上げ、幾重にも包まれた笹の葉を開いてみる。濃い緑の苔玉のような塊からは、かすかに杉のにおいがした。

「おおい、駒三、おめえもこの荷車に乗っていけ」

金次に向かって笑顔で応じ、駒三は右腕と笹の包みを、大事そうに胸に抱いた。

ちっちゃなかみさん

平岩弓枝

平岩弓枝（ひらいわ・ゆみえ）
一九三二年東京生まれ。五九年『鏨師』で直木賞、七九年NHK放送文化賞、八七年菊田一夫演劇大賞、九一年『花影の花』で吉川英治文学賞、九八年菊池寛賞、二〇〇八年『西遊記』で毎日芸術賞を受賞。一六年に文化勲章を受章。著書に『平安妖異伝』『日本のおんな』、「御宿かわせみ」「はやぶさ新八御用帳」シリーズなど。

一

松飾りのとれた朝に、雪がうっすらと積った。

向島で雪見酒を汲み交そうと言う粋客が、日暮前から舟やら駕籠やらを仕立てて、つめかけたが、どの座敷も夜が更けぬ先におひらきになった。

初春早々だというのに、相変らず木綿ものをかっちりと着て、朝からくりくり店の采配をふって動きまわっていた一人娘のお京が、両親の居間へ引きあげて来たのは亥の刻（午後十時）を少し廻っていた。

炬燵の上に娘の夜食を運ばせ、嘉平夫婦は首を長くして待ちかねていた。

「御苦労だったね。お客様は、みな、お気持よくお帰り下さったかい」

正月からの風邪気味もあって五十歳というには、かなり老けた感じの嘉平は炬燵に膝を入れた娘へ、可愛くてたまらぬという眼をした。

「舟のお供も、駕籠衆にも熱燗をふるまってあげました。外は冷え込んで天水桶に氷が張っているんですよ」

お京は、表情の豊かな瞳で両親にうなずいたり、笑ったりしながら、口はせっせと熱い汁をすすり、飯やお菜に気持がよいほどの食欲をみせた。色気なんぞ、微塵もない、子供っぽい食べ方も、親の前なればこそだが、そんな娘の振舞が嘉平も、母親のお照も嬉しくてたまらない、が、又、気にならないでもなかった。お京はこの正月で二十歳になっていた。

「今日は、あげだしのつけ醤油に柚子を絞ってみたんですけどね。大方のお客様に賞められて……さっぱりして乙な味だって……そうそう、お父つぁん、日本橋の納屋さまからのお縁談、まだ断ってくれなかったんでしょう。今夜、返事を聞かれて困ってしまった。あれは、暮に、きっぱりお断りして下さいって申し上げたでしょう」

娘からきめつけられて、嘉平は狼狽気味に手をふった。

「だが……あれは、もったいないような縁談だと……つい……その」

「嫌なんです。断って下さいね」

「しかし、お前……」

嘉平は、空咳をし、父親の威厳を取戻し、なんとなく居ずまいを直した。娘は父親の先手をうって出た。

「そりゃ、私も今年は二十歳です。一人娘だから、そろそろお婿さんをきめなくては世間体も悪いし、お父つぁんやおっ母さんも気がかりでしょう。私も、それは考えているんです」

「考えてるって、お京……」

食後のお茶を注いでやりながら、お照も口をだした。

「だったら、お見合だけでもしてごらんな。なにも改まってじゃなくていい。相手の人を他ながら見て……それで……」

「私は。あてがあるんです……」

両手で茶碗を包みこむように持ち、湯気に視線を落したまま、お京はぽつんと言った。

「あて……？」

不安そうに顔を見合せた両親を、ちらと目のすみに見て、お京は緊張した笑顔を作った。

話す決心は、もう、だいぶ以前から出来ていた。ただ、きっかけがなかっただけである。

「向島の笹屋って言えば、三代続いた料理屋で、大きくはないけれど、独特のお豆腐料理が名物で、いいお客がついている。競争相手の多い商売で、これだけののれんを守り、今以上にお店を繁昌させる腕のある養子さんをもらおうと思うと……私は、並みの男じゃ食い足りないと考えているんです」

すらすらと、お京は言った。

「お前……食い足りないなんて……そんな言葉は玄人衆のあばずれが使うものですよ」

母親が眉をひそめるのに、

「変な意味じゃないんですよ。私は十五の時からお店の手伝いをして、しっかり者とか、看板娘とか、世間が囃すのが面白くて、お父つぁんがまかせてくれるのをいい事に、今では店のきりもりをさせてもらって、曲りなりにもなんとかやって行けます。自信もあります。だから、もし、ぼんくらな御亭主を貰ったって、私がしっかりやっていれば店ののれんを小ゆるぎもさせやしない……」

勝気さを体中にみなぎらせて、お京は頰を赤くした。

「でも……私、そんな御亭主なら、かえって足手まといですから、もらいたくないんです。夫婦になるからには、私以上の男でないと……私が本当に信頼出来て……私がその人の力になって、二人でのれんを盛りたてて行けるような……そういう人じゃなければ、私はお嫁に行きません」

この時まで、嘉平夫婦には娘の気負いを微笑して聞く余裕があった。で、

「そんな男の、あてがあるとでも言うのかい」

嘉平は鷹揚にかまえた。お京が、こくりとうなずいた。夫婦の顔色が変った。

「そんな……お前……まさか……」

「いったい、誰なんだ、その男……」

お京は視線を落したまま、

「信吉さん……です」

「信吉……?」

「かつぎ豆腐売りの、信吉さんです。家へ、いつも、豆腐を入れている……」

まぶしそうな眼を上げて、はっきり言った。

「かつぎ豆腐売り……」

夫婦は唇まで白くした。

「冗談じゃない。笹屋の跡とり娘に、豆腐売りなんぞ……」

「お父つぁん……働いている人間に貴賤はないっていつもおっしゃってるじゃありませんか。第一、笹屋の初代だって豆腐のかつぎ売りから、この店をおはじめなすった

……小さな腰かけ茶店で湯豆腐を食べさせるだけのものだったのが、三代かかって、これだけの身代を築いた……そうでしたね、お父つぁん」

お京は一歩も引かない顔をしていた。色の白い、小さな顔が五月人形の金時みたいに赤く、力みかえっている。

「信吉さんのことは……ただ、惚れた、はれたじゃないんです。……それは……好きは好きですけど……好きだと思ったのは昨年頃からで……」

ちらりとしおらしい娘の素振で炬燵がけのすみを弄びながら、声はあくまでも強気だった。

「私、五年間も信吉さんを見続けて来たんですよ」

信吉の売りに来る豆腐を店に仕入れるようになったのが、五年前だとお京は言った。その頃、店へ品物をおさめていた豆腐屋が火事で焼け、間に合せのつもりで、かつぎ売りの信吉を入れたのだが、この豆腐の出来が滅法いい。板前が気に入って、次に信吉の人柄が店の者たちに好かれた。

「豆腐には、どんな豆腐屋でもその日によって出来不出来があるものですけど、信吉さんの持ってくるのには、それは殆どないって板前さんが感心しています。たまに、ほんのちょっと柔かい、固いがあると、あの人は必ず、それを言うんです。今日のは心もち固めですが、お料理には差支えがありませんかって……今日のはいつもより柔かいので、あげだしをなさるんでしたら、水きりに少し時間をかけて下さいまし……それが、素人なら気がつかない程度の、固さ、柔かさなんですよ」

うっかりすると板前が気がつかないで、

「なんだ、あんなこと言いやがったが、いつもの豆腐と変りねえじゃねえか」

と料理にかかってみて、信吉の言葉通りであることに気がつき、舌を巻くことがしばしばだった。

お京が注目したのは、信吉の豆腐に関する勘だけではなかった。

笹屋へ信吉が出入りするようになって、三年目頃に、かついでくる豆腐桶などが、すっかり新調され、持ってくる豆腐も、固いのと柔かいのと絹ごしと三種類にわけて作るようになった。稼ぎがどんどん増えて、その余分な銭を商売のためにまず使っていることがよくわかった。商売のほうがすっかり整ってから、信吉の身なりも粗末ながら小ざっぱりと新しくなった。

「短い歳月の間に、見事なほど稼ぎ高が上って行ったのは、商売に腕のある証拠です。その稼いだ銭の使い道にも、筋が通っています。若い男なら、余分の銭が入れば、つい、やってみたいことが世の中にはうようよしています。あの人は、そんなものには目もくれていない……立派だと思ったら、好きになってしまいました」

お京は炬燵がけのすみに顔をかくすようにした。

「それで、お前……その信吉とかいう人と、夫婦約束でもしているのかい」

嘆息まじりな母親の問いに、娘は大きくかぶりをふった。

「私、信吉さんとは商売のこと以外に、口をきいた事がありません。信吉さんの人柄が、私のお婿さんとしてふさわしいという理由を今まで、確かめ続けて来ました。それをお父つぁんや、おっ母さんに話して納得してもらえたら、縁談(はなし)をすすめてもらうつもりでした。だから、あの人がどこに住んでいて、どんな身の上なのか、なんにも知りゃあしません。親の許しも得ないで、勝手に男と夫婦約束をするなんて、そんな筋の通らないこと、私はしません」

母親は娘の言葉に泣き顔になり、嘉平も、それで、ふっと気が折れた。

「でも……私……」

勝気な眉を、僅(わず)かにひそめてお京は呟(つぶや)くように続けた。

「もしかすると信吉さんには、もうおかみさんがあるかも知れないんです……そんな素振(そぶり)がないでもないし……」

「お京……」

ふた親は再び、仰天の声をあげた。今夜は、いいように娘に翻弄されている。

「もし、おかみさんがいたら……あきらめます……そのかわり……私、もう、お嫁には行きません……」

お京はそう言って、にこりと笑い、おやすみなさいと部屋を出て行った。

二

翌日、嘉平夫婦は腫れぼったい顔で、午近くに起き出すと、まず、板前の長太郎を呼んだ。もう四十を過ぎて、女房子もある男だが子飼いから笹屋に奉公して、洗い方、煮方と叩き上げて来た実直者だ。

それとなく、豆腐屋の信吉について訊ねてみると、これはお京以上に惚れ込んでいる。

「今時、珍しいような気持のいい男でしてね。娘があったら、嫁にやりてえようなもんで……」

あんまり賞めるので、ひょっとしてお京から鼻薬でもかがされているのではないかと気をまわしてみたが、そんな気配もない。お京が信吉と親しくしている様子はないか、という問いには、目を丸くして否定した。

「豆腐を持ってくる時に、お嬢さんが調理場に居なすって、声をかけてなさることはありますが、豆腐のことか、寒いとか暑いとか時候の挨拶くらいのことで……信吉ってのは口の重い男でしてね。豆腐のこと以外は、めったに自分から声もかけねえようで……」

住いは川向うの馬道辺、親は二人とも早くに死んだらしいという程度しか、長太郎も知っていないのには、嘉平も啞然とした。五年前から店に出入りしているのである。身の上話くらい、当然、聞いていそうに思うのだが、一番、親しそうな板前が、これでは仕様がない。

次に呼ばれたのは、女中頭のお次である。これは女だし、お京には乳母のような存在でもあったので、板前よりはお京の気持を見抜いていた。

「いえ、別にお嬢さんが信吉を特に贔屓になさるというのではございません」

お次も二人の仲については真向から、なんにもないと証言したが、

「ただ、この暮に信吉が豆腐を届けに店へ来ました時、たまたま、小間物屋が来て居りまして女中たちが正月の櫛、かんざしをえらんでいたんでございます」

すると、信吉が珍しく小間物類をのぞいてみて、若い娘さんには、どんなのが喜ば

れそうかと聞いて、小さな赤い飾り櫛と、糸のビラビラの下った前挿しの花かんざしを一本、求めて去ったので、女中の一人が冷やかして、

「おや、いつから、いい女が出来たの」

とからかうと、信吉が真顔で、

「なあに、家で待ってるかみさんにさ」

と答えたものである。その話を、なんの気なしにお次が話すと、お京は顔色を変え、

「信さんには、おかみさんがあったの……」

と、その日は一日中、嘆息ばかりついていたというのである。

住いや家族については、ただ、川向うから商いに来るらしいというだけで、なにも知らない。女には殊更の無口で、話しかけようとしても、そんなきっかけを与えないで、すっと帰ってしまう。女中たちの間では、とっつきにくいが玉に疵、で通用しているそうだ。

次の日、嘉平夫婦は早起きして、物かげから、そっと信吉を見た。

今までにも逢ったことが、一度もなかったわけではない筈なのだが、まるっきり注意していなかったから、どんな年恰好の、どんな男か、気がついていなかったものだ。

見て、お照が先に安心したような声で言った。

「思ったより、感じの良さそうな男ではありませんか」
二十三、四だろう、背が高くて、肩も胸もがっしりしている。若者らしい清潔な感じが、母親には気に入った。
「男っぷりが良いだけじゃあ仕様がない。役者が養子をもらうんじゃないんだから……」

一応は苦い顔で言ったが、嘉平も内心は、ほっとしたらしかった。

午すぎに、出入りの植木屋の老爺がそっと庭から夫婦の居間を訪ねた。律儀な人柄を信用して、嘉平が信吉の住いを探させたものであった。

「馬道でたずねますと、すぐにわかりました。横町の小ぢんまりした豆腐屋で、近所の評判は上々でございますが……」

人の好い植木屋はちょっと困った表情で、口ごもった。信吉の評判は申し分なく良いのだが、近所のおかみさんに、信吉に女房がいるのかときくと、なんとも言えない複雑な含み笑いをして、

「ええ、おかみさんがねえ……おかみさんって言えば、まあ、おかみさんですねえ」

あとは笑い出してしまって、どうにも具合の悪い思いをしたという。

「他でも当ってみようかと思ったんですが、どうも、そのかみさんの笑い方が変なん

で……いっそ、豆腐屋をのぞいてとも考えたんですが、旦那が、あんまり出すぎたことはしてくれるなとおっしゃったのを思い出し、子供の使いのようですが、とりあえず、お知らせに……」

頭をかいて植木屋が帰ってから、お照はそそくさと身仕度をはじめた。

「わたくしが行って参ります。自分の娘の大事を、他人にばかり頼んでいたのでは埒(らち)があきません。私が出かけて、はっきりと女を確かめて参ります……」

場合によっては、相手の女に金を積んでも信吉と別れさせて、とまで考えているようなお照の剣幕に、嘉平も腰をあげた。

「わしも行こう。お前一人では心もとない」

「大丈夫でございます」

「いや、二人で行こう。どうせ、店はお京が取りしきっている。私が留守で、どうこうということもないのだ」

店の者には、どこへとも言わず、夫婦は供も連れずに出かけた。

言問(こととい)を渡って、浅草聖天町(あさくさしょうでんちょう)から馬道へ。

久しぶりに夫婦そろっての外出(そとで)に、冬の空がよく晴れていた。

植木屋に聞いておいたから、豆腐屋はすぐにわかった。成程、小さな店だが、開け放した店のなかは掃除が届いて、土間も板の間もさわやかな感じがする。信吉は、ちょうど外へ商いに出ている時刻で、暮れなずんだ店に人影はない。留守居をしている女は、奥で夕餉の仕度でもしていると思われた。

夫婦は店の前で、僅かの間、たたずんでいた。

「あなた、娘の大事でございますよ」

お照が少し蒼ざめた顔で、念を押すように嘉平にささやいた。

わかっている、と嘉平は重々しく咳ばらいをして、先に店の土間へ入った。

「ごめんなさいよ、こちらは信吉さんのお住いだな」

声をかけると、切り張りした障子の向うで、はい、と返事が戻って来た。

「信吉は手前どもでございますが……」

大人顔まけの挨拶で障子をあけて出て来たのは十歳くらいの少女だった。地味な木綿の着物に赤い帯、前かけで手を拭く動作が、世話女房の恰好だった。客の風体をみて、すぐに豆腐を買いに来たものではないと悟ったらしく、

「どなたさまでございましょうか。信吉は只今、商いに出かけて居りまして留守でございますが……」

嘉平は面くらった。妻をみると、お照も茫然と突っ立っている。止むなく嘉平は、

身分を告げ、この近くまで来る用があったので、ついでに立ち寄ってみたのだと、お照をうながして手土産を出させた。

「それは……わざわざお立ち寄り下さいまして有難うございます。いつもお世話になりました上に、頂戴物まで致しまして、お礼の申しようもございません」

少女は丁寧に礼を述べ、小走りに奥へ消えた。信吉の女房を呼びに行ったのかと、夫婦は緊張したが、戻って来たのは少女一人だった。座布団を二枚、持っている。

「汚いところでございますが、どうぞ、おかけ下さいまし」

続いて奥から五歳ばかりの少年が危っかしい手つきで盆を持って出て来た。湯呑茶碗が二つ、のっていて、渋茶らしいが、あたたかそうに湯気が立っている。少女は盆を受け取って、

「兄ちゃんが、いつもお世話になっているお店の御主人様ですよ。御挨拶をしなさい」

と少年にいう。少年は紅葉のような手を突いてお辞儀をした。

嘉平夫婦は気を呑まれて、座布団に腰を下し、勧められて茶を飲んだ。

「お小さいのに、よくお留守が出来ますね。信吉さんのおつれあいは、お出かけですか」

ややあって、お照が切り出したが、おつれあいという意味を少女が解しかねている

のに苦笑し、ざっくばらんに又、言った。

「兄ちゃんのおかみさんのことですよ」

「兄ちゃんは無妻でございます」

夫婦は顔を見合せ、思わず吹き出したくなるのを必死で押し殺した。子供っぽい顔と姿と声に、あまりにそぐわなすぎる応対ぶりが、遂に、無妻という言葉を口にしたとたん爆発しそこねたものである。

少女は別に照れた顔もせず、問われるままに自分の名は加代、弟は治助、十一歳と六歳だと答えた。

「あの、兄ちゃんに御用でしたら、戻りましてから、お店へ伺わせますが……」

という。嘉平夫婦は早々に、豆腐屋を逃げ出した。

この長屋の差配の家へ立ち寄って、差しさわりのないだけの内情を打明けて話をきいてみると、幼い姉弟は信吉の姉の子だとわかった。

「おせんちゃんといってね。器量も気だてもいい娘さんだったんですがね。悪い奴に欺されて……やくざなんですよ。ずるずるべったりに子供を産まされて……その頃はまだ信吉さんの親たちが生きていましてね。自分たちの子供という事で育てたんだが、五年前の冬に悪い風邪が流行った時に、続けざまにわずらいついて歿っちまった。おせんちゃんのほうは、それ以前に、やくざの男の口車にのったかして、子供を置いたまま、ぷいっと家を出たっきり、未だに行方知れずですよ。男が木更津あたりにでも売りとばしたんじゃないかなんて噂してましたが……へえ、男のほうも、それっきりこの界隈に姿をみせませんが……」

あとは信吉が男手一つ、豆腐作りから売り歩きから、飯の仕度、一歳と六歳だった姪と甥をかかえて悪戦苦闘の連日だったという。

「信吉さんもよく出来た人だが、あのお加代ちゃんってのが利発な子でね。五歳ぐらいから飯たきの手伝い、拭き掃除、弟の子守と、いじらしいようによく働いて、今じゃ立派な信吉さんのおかみさん代りですよ。この近所の女どもは、信吉さんとこのちっちゃなかみさんなんて呼んでますけどね……」

差配はここを先途と、信吉、加代、治助の姉弟のけなげさを礼讃したが、とっぷりと暮れた川っぷちを帰る嘉平夫婦の足は、水を吸った木場の材木みたいに重かった。

三

両親が、こもごもに話す馬道での顚末を、お京は首を垂れて聞いていたが、話が終ると寂しそうな微笑を浮べ、低い声で言った。

「今、お話し下さったこと、あたし、信さんから、今日聞きました」

夕方、商いに来た信吉を庭先へ通して、お京は自分の口から、この店へ婿に来てくれないかと切り出したというのだ。

「まあ、お前は女のくせに……」

母親は悲鳴をあげたが、

「でも、私のことですから自分で話したほうが間違いがなくてよいと思ったのです。お父つぁんもおっ母さんも、信吉さんのことを、どうやら悪くは思っていらっしゃらないらしいし、そうとなったら一日も早く、信吉さんの気持を聞いてみたいと……」

しっかり者でも、そこはお嬢さん育ちの怖いもの知らずで、お京は単刀直入に恋を打ちあけた。

「信さんは、お父つぁんやおっ母さんが今、話してくれた通りの、内輪のわけを打ちあけて……あの人、おっ母さんが死ぬ時に約束したんですって。お加代ちゃんと治助ちゃんとを本当の妹弟と思って、必ず一人前に育ててみせるから、心配しないで成仏してくれって……あと十年もたつと加代ちゃんはお嫁にいくし、治助ちゃんも一人前になる。それまであの人、独りでいる決心なんですって。そうでないとお嫁さんにも気の毒だし、加代ちゃんたちが気を遣うとかわいそうだから……。男は二十五になろうと、三十を過ぎようと自分に我慢が出来れば独りでいたってどうということはない。だが、女の人に三十まで待ってくれとは言えやしないって……」

十年経ったら、私は三十、とお京は歌うように言って涙ぐんだ。

「当り前ですよ」

憤った声で母親が言った。

「十年と口で言えば気軽だが、女が三十まで独りでいるなんて……三十すぎての初産は重いものだって言うんだし……第一、十年も待って、男の気持が変ってごらん、男なんてのは自分がいくつになったって、年の若い女を好むもんなんだよ。四十、五十にもなって、娘ほども年の違う妾を持つ男は世間にはざらだもの……」

「まあ、それはともかく、万が一、信吉の気持が変らなかったにしろ、十年の歳月の間には、老少不定ということがある。信吉にもしもの事がないとは言えない。そうなったら、お前は嫁入りもしないで後家になる……」

お京は二人の顔を等分に眺めた。

「お二人のおっしゃる、そのどっちも私は考えました。それでも私は三十まで信さんが待ってくれっていうなら、待ったっていいんです。女が惚れたんだから、どうせ、信さんの所へ行かないんなら、一生一人で居たっていいと思ってるんですから……」

前挿しの銀のかんざしを抜いて、ビラビラを指ではじいた。

「だけど、信さんは駄目だって言うんです。あの人の姉さんがやくざといっしょになってるから……いつ、江戸へ戻ってくるかわからない。悪い男だから、そうなればお加代ちゃんだって、どこへ売りとばす気になるか知れないし、信さんは、加代ちゃん治助ちゃんだけは、どんなことがあっても守り抜く気でいるんです。それだけだって覚悟がいるのに、うちみたいな大店とひっかかりが出来たら、そいつが、どんな難癖をつけて、この店にたかるか知れたもんじゃない。御恩になっているお店に、そんな迷惑はかけられないって……」

しょんぼりと肩を落してお京は立ち上った。

「そうまで言われては、私だってどうしようもない。だって、お店に迷惑がかかるって事は、お父つぁん、おっ母さんに迷惑を及ぼすってことでしょう。私一人なら、惚れたんだから苦労したっていい。でも、親まで巻き添えにしちまっちゃあ……」

「お京……」

嘉平が悲痛な声を絞った。

「親のことはどうでもいい。お前の気持は、どうなんだ……」

お京の顔がくしゃくしゃになった。

「豆腐屋のかみさんになりたいのです……この家を出て……でも、駄目なんです。信さんにその気がないんだもの……」

子供のように声をあげて泣きながら居間を出て行く娘を見送って、夫婦はがっくりと膝をついた。

四

手塩にかけて育てた娘に、親を捨てても嫁に行きたいと、はっきり言われて、嘉平夫婦の衝撃は大きかった。

お京は、その日一日、部屋で泣いたが、翌日からはちゃんとしっかり者の笹屋の娘になって、きちんと店をやってのけていたが、夫婦は、なんとなく娘が、もう遠く手の届かない所へ行ってしまったような、虚しく、頼りない気持になっていた。大げさにいうと、娘に裏切られたような按配なのである。

夫婦は、無意識の中にお互いをいたわり合っていた。

その日も、どちらが言い出すともなく長命寺へ詣でようかということになって家を出た。

梅の香がしきりにして、舌足らずに鶯の声も聞える。境内の茶店で桜餅には少々早いので、代りのわらび餅に茶を飲んでも、夫婦の話題はいつか娘の恋に戻っていた。

「どうしたものか……」

と嘉平が浮かぬ声で呟いた。信吉を婿にする話も、豆腐屋へ嫁入らせるのも、もはや問題外として、困るのはお京が一生、独りでいると宣言したことである。若い娘の我儘だから、その中には気も変ろうと高をくってみるものの、二十歳にもなっていて、この上、縁談を断られては、それこそ本当に来る養子も来なくなってしまう。

「あなたが、あんまり甘やかして育てたからですよ」

とお照は愚痴り、

「なにを言うか。娘の躾は母親のつとめだぞ」

嘉平も責任のなすり合いを言ってみるが、行きつく所は嘆息の他はない。茶をすすっては吐息ばかりついていた嘉平が、ふと、茶店の外に立ちすくんでいる加代と治助に気がついた。気がつかれたとわかると、加代は治助の手をひいて茶店へ入って来た。

「すみません。どうしてもお話し申し上げたいことがございまして、お店のまわりをうろついていましたら、お出かけの様子でしたので……」

後をつけて来てしまったと、加代は詫びた。

茶店の老婆は釜の向うで居眠りをしている。時季はずれなので、境内には参詣の人もなかった。

「あの……差配の小母さんから聞いたんですけど……兄ちゃんを……あの、もし、間違いましたらごめんなさい。笹屋さんのお店で、兄ちゃんを御養子さんにって……そんな話があるって聞きましたけど……本当でしょうか……」

一生懸命になっているのが、よく分る。加代は両手を握りしめ、涙ぐんだような眼で嘉平を瞶ていた。

嘉平は当惑し、苦い表情を作った。小娘を相手に大人気ないと思いながら、つい日頃の忿懣が口に出た。

「そんな話がないわけではなかったが……もう、こわれた……」

「やっぱり……」

加代は唇を噛み、かすかに身ぶるいした。

「こわれたのは……私たちのせいです……」

姉に抱き寄せられて、傍の治助が怯えた顔になった。弟を抱いて、加代は、いきなり地面に片手を突いた。

「笹屋の旦那様……お願い申します。兄ちゃんを貰って下さいまし」

嘉平は金持の鷹揚さで冷笑した。

「信吉が笹屋の婿になれば、お前たちも笹屋のお嬢さん、お坊ちゃんになれると思ったのかい……」

加代は激しく首をふった。前挿しが地面へ落ちた。

「いいえ、もし、笹屋さんが兄ちゃんを貰って下さるんでしたら、あたしは治助を連れてどこかへ行きます。決して、お邪魔にはなりません……」

「どこかへ行くったって、あんたのような小さな子が……」

落着いて嘉平は応じた。小娘の泣き落しにのるものかと腹の中で笑った。

「大丈夫です。私は年より背が高いので、大きく見られます。子守だって、洗いものだって、拭き掃除だって出来ます……どこへ行ったって一生懸命になれば……やれます……兄ちゃんには知れないように出て行きます」

十一歳の娘の言葉ではなかった。

「兄ちゃんが、かわいそうなんです……」

不意に、ぽろぽろと加代は泣いた。

「ずっと前に、兄ちゃんが寝言をいったことがあるんです……お京さんだったか、お嬢さん、だったか、よく聞えませんでした……」

泣きじゃくりながら、次第に子供の口調に戻って、加代は訴えた。

この前、嘉平夫婦が訪ねた日、夜半に目をさまして、加代は信吉が畳をかきむしって泣いているのに気がついた。具合でも悪いのかと、声をかけようとして、加代はうめくような信吉の声を聞いた。

「お京さん……好きだ……」

悪いことを見てしまったように、加代は慌てて布団をかぶったが、気をつけていると、毎晩のように信吉はお京の名を呼んで泣いている。余っ程、苦しいその想いが、恋ということなのだと、裏町育ちだから加代にもおぼろげにわかった。たまたま、差配のおしゃべりなかみさんが、笹屋からの養子の話を近所の女たちへ噂しているのを、加代は立ち聞いて、兄ちゃんのお京さん、が、笹屋の一人娘の名だと気がついた。自分たち姉弟が、兄ちゃんの幸せの邪魔になっていることも、兄ちゃんが自分たちのために、歯をくいしばって悲しみに堪えていることも。

一晩中、考えて加代は決心した。これ以上、兄ちゃんの重荷になってはいけないのだ。

感情に激し、たどたどしい調子で話す加代には、例の大人ぶった、ちっちゃなかみさんの口調は消えていた。苦労が身につけた分別であり、智恵であっても、十一歳は十一歳なのだ。

嘉平も、いつか、しんと聞いていた。加代が語り終えた時、お照は眼を泣き腫らしていた。

話はよくわかった。とにかく悪いようにはしないからと、嘉平は加代をなぐさめ、とりあえず馬道へ帰るようにと言った。近くの船宿で船を頼み、夫婦で送ってやることにして、遠慮する姉弟を連れて行った。

舟宿では、船頭が近くに用足しに出ているという。

「別に急ぐわけじゃないんだから……」

待たせてもらうことにして、姉弟を先に船へ乗せた。置き炬燵があるし、陽が当って船の中はあたたかい。菓子でも買って来ようと夫婦は一旦陸へ上った。

川岸にも梅があった。白い花がよく咲いている。

「あなた……」

決然とした調子でお照が口を切った。

「お京を嫁にやりましょう」

嘉平は妻を眺めた。

「あんなに想い合っているのなら、夫婦にしてやるのが親のつとめです」

答えず、嘉平は煙管入れを取り出した。

「あなた、加代って子の言ったこと、考えて下さいまし。十一かそこらの子が、六つの弟を連れて、家出をしようと決心したんですよ。この世でたった一人、杖とも柱とも頼む兄ちゃんの幸せを考えて……どんなに辛かったか……悲しかったか……心細かったか」

お照は改めて袖口を目に当てた。

「十一の子の分別なんですよ、それが……お京なんか、加代ちゃんにくらべたら苦労を知らなすぎます。信吉さんにもらってもらって、せいぜい仕込んでもらいましょう。あの子だって、それが幸せだと思っているんですから……」

長い間、夫婦は川っぷちに立っていた。

「お京を嫁に出すと……寂しくなるぞ、お前も……俺も……」

煙管を石に叩いて、ぽつんと嘉平が言った。

待っていたように、お照が応じた。

「お京の代りに、加代と治助を貰いましょう。私たち、娘がしっかり者なのに安心して、つい、年齢より年寄り臭くなっていましたけれど、まだまだ子供の一人や二人、育てられますよ。もう十年もがんばれば、お京の他に、もう一人の娘の嫁入り姿が見られます。治助には、いい嫁を探してやりましょう……」

「治助は六つだろう。嫁をもらうまでには二十年はかかる……俺が七十、お前は……」

「六十六でしょうか」

「えらいことになるぞ……」

夫婦は眼を見合せた。久しぶりにいきいきしている妻に、嘉平は若やいだ気分になった。

まだ、俺もそんな年齢ではなかったのだ、と、今更らしく指をくった。

船へ戻ってみると、姉弟は抱き合うようにして眠りこけていた。

先に治助が眠ってしまったのを抱いてやっている中に、つい、加代も眠ってしまった、そんな恰好だった。

妻が羽織を脱いで治助に着せかけるのをみて、嘉平も羽織を加代へかけてやった。

それでも目をさまさない。

「余ッ程、疲れている……昨夜は、きっと眠らなかったのかも知れませんね」

弟を連れて、家を出なければと十一の少女が思いつめた夜は、おそらく声をしのんで泣くことはあっても、瞼を合せる余裕はなかったに違いない。

「同情はいいが……あとで後悔するなよ。この子の父親が、いつ、江戸へ舞い戻って来ないとは限らない。面倒なことになるぞ」

声をひそめて妻へ言った。お照は母親の落着きを持って、眼だけで笑った。

「あなた、この子たちの若い叔父さんは、たった一人で、この子たちを守り抜く覚悟をしていたんですよ。私たちには分別もあります。若い人よりは世の中を見ています。自分の子なら、親は死に物狂いになったたって、守り抜いてみせるものです」

治助が大きないびきをかいた。

船の中にまで、梅の香が忍び込んでいた。

解説

細谷正充

好評をいただいている「朝日文庫時代小説アンソロジー」に、新たな一冊を加えることになった。今回のテーマは〝祈り〟だ。ちなみに辞書で〝祈り〟を引くと「祈ること。祈禱。祈願。祈念」とある。人の祈りはさまざまであり、祈り方もさまざまだ。そのことを踏まえ、テーマを幅広く捉えることにした。バラエティに富んだ作品を集めたつもりである。以下、収録作を解説していこう。

「草々不一」朝井まかて

本作の冒頭に〝妻女が先に逝くと、男は腑抜けになる〟という一文がある。配偶者に先立たれた悲しみは男女共に変わらないであろうが、やはり男の方が気落ちする確率が高いようだ。譜代の徒衆だったが隠居した前原忠左衛門も、そのような人物である。病で妻の直がポックリ死んでから、索漠とした気持ちを抱えて日々を過ごしている。だがある日、反りの合わない息子が、直の文を持ってくる。どうやら遺言のようなものらしい。しかし武辺者で、学問を軽視する彼は、漢字の読めない〝没字漢〟だ。亡き妻の文に不穏なものを感じた忠左衛門は、自ら読むために、ひょんなことで知った手習塾に通い始めるのだった。
　無骨で頑固な忠左衛門が、手習塾に通うことで、今まで知らなかった世界に目を開いていく。その過程が、楽しい。そして直の文を読めるようになったとき、後に残される夫のためにという、妻の祈りを理解するのである。本アンソロジーのトップに相応しい秀作だ。

「下駄屋おけい」宇江佐真理
　太物屋「伊豆屋」の娘のけいは、愛用している下駄がある。「伊豆屋」のはす向かいにある「下駄清」の職人・彦七の作る下駄だ。また、「下駄清」の長男の巳之吉に、ひそかに惚れている。だが巳之吉は、昨年の夏頃から身を持ち崩し、暮には行方をくらましていた。巳之吉とは一緒になれないと思い、持ち込まれた縁談を受け入れたけい。嫁入り先が履物問屋なので、もう「下駄清」の下駄を履くわけにはいかない。これが最後と彦七に下駄を作ってもらうが、なぜか出来が悪く、何度もやり直させるのだった。

嫁入りの決まったけいが彦七に下駄を注文したことを、作者は〝けいの幸福への祈りでもあったろうか〟という。どこか諦念を感じさせる祈りである。だが彦七は、けいの本当の幸せを祈っていた。出来の悪い下駄に隠された真実と、彦七の行動が、けいをハッピーエンドへと導くのだ。気持ちのいいストーリーを堪能してほしい。

「宝の山」梶よう子

昨年（二〇二二）、三冊の優れた歴史小説を上梓した作者だが、江戸の市井を舞台にした時代小説も得意にしている。北町奉行所の諸色調掛同心・澤本神人を主人公にした連作の一篇である、本作を読めば、そのことがよく分かるだろう。なお諸色調掛同心とは、市中の品物の値を監視し、また幕府の許可していない出版物が出ていないか調べ、どちらも悪質な場合は、奉行所にて訓諭するという役目である。

澤本家にも出入りしている、紙屑買いの三吉が襲われた。ぼんやりしているが、正直者で、周囲のみんなに愛されている三吉に何があったのか。神人が突き止める、事件の真相が面白い。そして本作には、もう一つ注目したいポイントがある。三吉のキャラクターだ。彼はある夢を抱いているのだ。無垢なる祈りともいうべきその夢には、心打たれるものがある。心の中が温かくなる作品だ。

「家路」小松エメル

　さまざまな新選組隊士を主人公にした短篇集『夢の燈影』から、本作を採った。主人公は、新選組監察方の山崎烝。新選組に入隊してからの烝の軌跡を、作者は池田屋騒動や、新選組と御陵衛士の斬り合いをピックアップしながら、巧みに表現していく。監察方は不逞浪士などの外部の敵を探るだけでなく、隊の内部も監視する。そのため隊士たちからの評判は悪い。池田屋騒動で自らのしくじりを強く意識しながら、監察方になった烝だが、人間臭さを捨てきれない。ここに彼の魅力がある。

　そんな烝が、御陵衛士の一件から、隊士の原田左之助を気にかけるようになった。原田を見張っていた烝は、彼の煮え切らない行動に我慢できなくなり声を上げる。この言葉に烝の祈りがあった。そしてそれは、今までに死んでいった隊士と、これから死ぬであろう隊士への祈りでもあったのだろう。味わい深い新選組譚である。

「隻腕の鬼」西條奈加

　友達になった少女に過去見の能力を使い、辛い真実を暴き、人を鬼に変える〝鬼の芽〟をはじけさせてしまった小鬼。そのため何度も生まれ変わっては鬼の芽の宿業に捕われて悪行を働くことになった少女を救うため、小鬼は千年の旅に出る。

というのが、本作が収録されている連作集『千年鬼』の簡単な粗筋だ。当然、各話の時代は違っている。この物語は江戸時代だ。三年連続の飢饉に苦しむ雫井の郷。庄屋たちの寄合で出た、働き手にならない老人と子供を山に捨てるという案に、駒三は怒った。去年、やっと娘を授かったからだ。郷には千年前の飢饉のとき鬼が助けてくれたという伝説がある。神社にある御神体――鬼の腕にすがろうとする駒三だが、その前に三匹の小鬼が現れた。小鬼の過去見の能力により、千年前の真実を知った駒三は、驚くべき行動に出る。ここまでやらなければ、彼の祈りは実現しないのだ。本書の中で、もっとも厳しい祈りの姿が描かれているのである。

「ちっちゃなかみさん」平岩弓枝

ラストは、斯界(しかい)の大ベテランの名作にお出まし願った。老舗料理屋の一人娘のお京と、かつぎ豆腐売りの信吉。相思相愛の二人だが、親代わりに育てている幼い姪と甥が一人前になるまで、信吉に結婚する気はない。涙ながらに二人は、夫婦になることを諦めた。だが、それを知った姪の加代が、思いもよらぬ行動に出るのだった。

タイトルにある〝ちっちゃなかみさん〟とは加代のこと。こまっしゃくれた口をきく、年にも似ないしっかり者だ。そんな加代が、信吉の幸せを祈り、ある決意を固める。幼い少女の行動が健気(けなげ)である。また、信吉とお京の気持ちや、加代の決意を知った、お京の両親もある決意を固めるのだ。こちらには〝自分の子供〟を守りたいという祈りがある。誰もが家族のことを思い、最善の道を選ぼうとするのだ。その結果は読んでのお楽しみ。きっと、すべての読者が満足することだろう。

自分の力ではどうにもならない願いがあったとき、人は祈りを捧げる。だからといって、ただ祈るだけでは、何事も叶わない。願いのために、あがき続け、もがき続けたからこそ、祈りが成就することがあるのだ。収録された六篇を通じて、このことを噛みしめてもらいたい。

などと偉そうに書いてみたが、本アンソロジーは、あくまでも読んで楽しむもの。だから一人でも多くの人が、本書を手にしてくれることを、祈っているのである。

（ほそや　まさみつ／文芸評論家）

底本

朝井まかて「草々不一」（『草々不一』講談社文庫）

宇江佐真理「下駄屋おけい」（『深川恋物語』集英社文庫）

梶よう子「宝の山」（『商い同心　千客万来事件帖』実業之日本社文庫）

小松エメル「家路」（『夢の燈影　新選組無名録』講談社文庫）

西條奈加「隻腕の鬼」（『千年鬼』徳間文庫）

平岩弓枝「ちっちゃなかみさん」（『ちっちゃなかみさん　新装版』角川文庫）

朝日文庫時代小説アンソロジー
いのり

朝日文庫

2023年5月30日　第1刷発行
2023年6月30日　第2刷発行

編　　著　細谷正充
著　　者　朝井まかて　宇江佐真理　梶よう子
　　　　　小松エメル　西條奈加　平岩弓枝

発 行 者　宇都宮健太朗
発 行 所　朝日新聞出版
　　　　　〒104-8011　東京都中央区築地5-3-2
　　　　　電話　03-5541-8832(編集)
　　　　　　　　03-5540-7793(販売)
印刷製本　大日本印刷株式会社

Published in Japan by Asahi Shimbun Publications Inc.
定価はカバーに表示してあります

ISBN978-4-02-265099-3

朝日文庫

宇江佐真理
お柳（りゅう）、一途（いちず）
アラミスと呼ばれた女

長崎出島で通訳として働く父から英語や仏語を習うお柳は、後の榎本武揚と出会う。男装の女性通詞の生涯を描いた感動長編。《解説・高橋敏夫》

宇江佐真理／菊池仁・編
酔いどれ鳶
江戸人情短編傑作選

夫婦の情愛、医師の矜持、幼い姉弟の絆……。江戸時代に生きた人々を、優しい視線で描いた珠玉の六編。初の短編ベストセレクション。

山本一力／末國善己・編
端午のとうふ
江戸人情短編傑作選

さまざまな職を通して描かれる市井の人間ドラマをたっぷりと。人情あり、知恵くらべあり。初期名作を含む著者初の短編ベストセレクション。

菊池仁・編／有馬美季子／志川節子／中島要／南原幹雄／松井今朝子／山田風太郎・著
吉原饗宴
朝日文庫時代小説アンソロジー

売られてきた娘を遊女にする裏稼業、身請け話に迷う花魁の矜持、死人が出る前に現れる墓番の爺など、遊郭の華やかさと闇を描いた傑作六編。

今井絵美子／宇江佐真理／梶よう子／北原亞以子／坂井希久子／平岩弓枝／村上元三／菊池仁編
江戸旨いもの尽くし
朝日文庫時代小説アンソロジー

鰯の三杯酢、里芋の田楽、のっぺい汁など素朴で旨いものが勢ぞろい！ 江戸っ子の情けと絶品料理に癒される。時代小説の名手による珠玉の短編集。

朝井まかて／安住洋子／川田弥一郎／澤田瞳子／山本一力／山本周五郎／和田はつ子・著／末國善己・編
いのち
朝日文庫時代小説アンソロジー

江戸期の町医者たちと市井の人々を描く医療時代小説アンソロジー。医術とは何か。魂の癒やしとは？ 時を超えて問いかける珠玉の七編。